義妹生活 1

三河ごーすと
插畫 Hiten

Kadokawa Fantastic Novels

「如果全人類
做事都很理智，
像我和淺村同學這樣，
那就輕鬆多了呢。」
「喔～！傳說中的哥哥！
原來真的是隔壁班的淺村同學
啊～！」
「賣點人情說不定之後會有回報嘛。
這是雙贏喔。」
Ayase Saki
Narasaka Maya
Asamura Yuta

綾瀨沙季

高中二年級。因為母親再婚而成了悠太的義妹。外表搶眼，讓人以為是壞學生，在班上也顯得孤立。

淺村悠太

高中二年級。因為父親再婚而成了沙季的義兄。雖然是普通的高中生，卻總是和他人保持距離。喜歡書本到了鉛字中毒的程度。

奈良坂真綾

沙季的同班同學。總是精力充沛，喜歡照顧別人，看不下去沙季孤立的樣子，因此纏上沙季成了她的朋友。

夜晚的義妹

「電話？
你接啊。我沒興趣綁住別人。
就算在我眼前講電話，
也不會介意。」
「洗過之後
這東西和手帕根本
沒兩樣吧？」
「原來淺村同學
有要好的女性啊。」
「我還以為你討厭女生。」
綾瀨沙季
Saki Ayase

1
義妹生活
三河ごーすと
插畫 Hiten

1
義妹生活
三河ごーすと
插畫 Hiten
Kadokawa Fantastic Novels

Saki Ayase
綾瀨沙季
（喔？淺村同學
也喜歡這個節目啊。
反正我也想看，或許算是剛好。）

（視線令人在意……
她覺得我對電視節目的
品味很差嗎……？）
淺村悠太
Yuta Asamura

「這表示我的內衣，
具有足以吸引目光的魅力。」
「我可沒這麼說。」

「那麼，就是缺乏吸引力……嘿～」
「說實話，要說沒有這種慾望大概是假的。」
「嗯～？有慾望啊。」

體育課的義妹

「爸爸我呢，決定要結婚了。」

Asamura Taichi

淺村太一

悠太的親生父親兼沙季的義父。和前妻間發生許多事而離婚，後來和綾瀨亞季子再婚。與悠太、沙季的關係良好。

丸友和

悠太的同班同學。對於悠太而言幾乎可說是校內唯一的朋友。既是棒球社社員也是御宅族。

Maru Tomokazu

「多了個妹妹對吧？你這可惡的哥哥。」

「一直以來承蒙關照啦。後輩你真的很可靠呢～」

Yomiuri Shiori

讀賣栞

大學生。和悠太在同一間書店工作的兼職前輩。以好事前輩的立場，支持悠太「和妹妹的關係」。

「呵呵，我已經聽太一說了，你真的很可靠呢。」

Ayase Akiko

綾瀨亞季子

沙季的親生母親兼悠太的義母。和前夫離婚後致力於工作，再婚之前一直是她獨力養育沙季。

Contents

Days with my Step Sister

這是到昨天為止都還未相識的我和她，成為真正的「家人」的故事——

序幕

正因為實際體驗過我才能這麼說──義妹這種存在，只是單純的外人。

在高中二年級了解到這個真理，以青春期男生來說不幸到了極點，以家人而言卻是幸運到了極點。在漫畫、輕小說、電玩遊戲裡，能夠以沒血緣為理由若無其事地成為戀愛對象，歷經一番曲折之後結合。如果將這種創作當真而抱著不尋常的期待度日，絕對會淪為笑柄，還必須扛起「哥哥就該保護妹妹」這種有如故事主角的責任。

現實不一樣。

若問世上男性妄想的義妹和真正的義妹有何不同……舉例來說，晚上，結束書店打工回到家的我，和坐在沙發上喝著熱可可的義妹，對話內容是這樣。

「你回來啦，**淺村同學**。」

「我回來了，**綾瀨同學**。」

以上。

各位明白了嗎？

既不會在語尾加上撒滿了糖的「葛格♪」，也不會排斥到說出「啊？臭死了，別跟我講話混蛋老哥」這種話，只聽得到對外人的問候，平和又有常識。

面對一個陌生人，無論是過度撒嬌或仇恨相向，都不怎麼現實。

我和義妹的關係裡，沒有什麼小鹿亂撞、濃情蜜意，更沒有過度尊敬或依存。出生至今這十七年來，彼此不曾有過任何交集，要因為一句「好啦，我們明天開始就是一家人嘍」就產生特別的感情，這才真的是不可能。

偶然連續兩年同班的同學，恐怕都還比較親密吧。

我，淺村悠太，今年十七歲。高中二年級。

說起為什麼我到了這個年齡會多出個義妹，則是因為老爸「很有活力」。真虧他經歷過那種事還有意願再婚，這點讓我打從心底尊敬。

打從懂事起就看著雙親爭吵的我，聽到老爸說要離婚時覺得這非常合理。當他為了自己不中用而向我道歉時，我只是冷靜地在心裡說「不不不我知道原因是媽媽外遇」。

從此以後，我對於女人這種生物不再有什麼特別的期望，卻在某一天放學之後突然聽到老爸向我坦白。當時我手裡拿著自行車鑰匙，正把腳塞進玄關的運動鞋裡，準備前往打工地點。

「爸爸我呢，決定要結婚了。」

「啊？」

「對方是個充滿包容力的美女大姊姊，沒問題吧？」

「就算你加上修飾我也不曉得她是個怎樣的人，沒辦法判斷是好是壞耶。」

「從上到下是92、61、90。」

「這好像不是用數字就能交代的話題……拜託你考慮一下兒子得到的第一項新媽媽情報是三圍會有何感想。」

「有了個身材出眾的媽媽很開心吧？」

「不，沒什麼感覺。」

「怎麼會……！居然不受性慾左右，你真的正值青春期嗎？雖然我老早就覺得你已經枯萎了。」

「喂喂喂。」

你對兒子的觀感也太糟了吧——我這麼吐槽。

「對女人沒什麼期望」這點經常令人誤解，但我充其量只是對女人的人性不抱期待，看見裸露女子依舊會興奮，上游泳課看見女生穿泳裝一樣會蠢蠢欲動。

但是呢，我還不至於會對老爸的女友——或許會成為自己母親的人燃起慾火。

「不過，都已經四十了，真虧你找得到對象呢。對方是職場的人嗎？」

「她在上司帶我去的店裡工作喔，還盡心盡力照料醉倒的我呢。」

「你是不是被人家騙了啊……」

雖然我不想受到「酒家女都沒安好心」這種刻板印象束縛，但是曾經因為女人吃大虧的老爸講這種話，有種奇妙的負面說服力。

「放心啦，亞季子不是那種人。啊哈哈哈！」

老爸大笑著說出和那些受騙上當者沒兩樣的台詞，我只能回以嘆息。

即使如此，我依然沒反對。

「只要老爸你幸福就好。我呢，會和以前一樣。」

所謂不抱期待，就是這麼回事。因為對於新媽媽加入的新生活沒有任何期待，所以也不會產生「假如被騙了呢？」「要是變得不幸呢？」之類的負面想像。當時的我，只想著讓事情順其自然。

「不，可不能和以前一樣喔。畢竟你還會有個妹妹。」

「啊？妹妹？」

「對，妹妹。亞季子的女兒。她給我看了照片，很可愛耶。」

看樣子，對方也離過一次婚，雙方都是再婚。遭遇類似，似乎也是他們互相吸引的理由之一。

「你看，很可愛吧。」

「啊…………這個嘛，的確。」

老爸興奮地亮出手機，螢幕裡有個看似小學低年級的天真無邪小女孩，腿上攤著一本翻譯成兒童文學的海外奇幻小說。可能是怕生吧，她看著鏡頭的眼神，顯得相當害羞。

「恭喜。這麼一來悠太你就是哥哥啦！」

「就算你笑著對我豎起大拇指也沒用啊……不過嘛，可愛這點倒是沒錯，而且不會令人排斥。」

青春期的妹妹會給人很麻煩的感覺，小學生就另當別論。話先說在前面，我可沒有戀童癖。單純是因為年紀相差相近十歲應該不需要太注意舉止，令我鬆了口氣。雖然覺得她很可愛，但我沒有戀童癖。雖然她很可愛。

「然後呢，今天晚上九點左右，我想讓大家碰個面。打工結束後，希望你可以來附近的樂雅樂。」

「還真倉促耶……」

「唉呀～我一直想著要講就拖了一個月。一不小心就到了約好的日子當天。」

「也拖太久了吧！」

「唉呀～真丟臉。」

老爸就是這種人。他搔著太陽穴，露出靠不住卻看得出這人有多善良的苦笑，我見狀嘆了口氣。

「知道啦，我去。你要慶幸我不是個深夜在外遊蕩的不肖子啊。」

「這點我一開始就不擔心。因為我相信你。」

老爸真的是太善良了。

新媽媽。新妹妹。新家人。

滿腦子都是這些事的我，被打工地點的前輩（美人）責備「你做事太隨便嘍」，但還是勉強把工作做完了。

戴芙拉．札克說，一心多用愚不可及，唯有專心一志才能締造成果。此刻本人應該專注在「和應該還是小學生的妹妹初次見面該怎麼做才能成功」上，因此手邊工作會半自動地處理——這麼宣稱之後，我被前輩罵了。

把這本書推薦給我的人明明是前輩，太不講理了。

不過到下班時間要離開時，前輩拍拍我的背說：「好好表現喔，哥哥！」她果然是個好人。

夜晚的澀谷。從打工的書店騎自行車爬道玄坂數分鐘後，就到了老爸指定的家庭餐廳。這個時段似乎人很多，入口擠了一批年輕女客。從她們的對話內容聽來，似乎是在抱怨目前交往的男友。

衣服老土噁心、缺乏女性經驗、不懂女人心——這些話，出自一個把肌膚曬成褐色、裝扮浮誇，還頂著前衛髮型的女性。

呃，這位大姊，妳這身有夠庸俗的打扮沒問題嗎？何況不滿之處不直接告訴當事人也沒意義吧？

但我也不可能把這種話說出口，只是逕自從她們旁邊走過，靠著應該已經在店裡的老爸發的ＬＩＮＥ找位置。

希望我一輩子都不需要接近那種對男性期望過高的浮誇女子。幸好接下來要碰面的妹妹是小學生——再次強調我絕對沒有戀童癖。儘管不抱期望，但還是偷偷祈禱她將來不會成為那種人吧。

「喂～悠太。這裡這裡。」

老爸在窗邊的席位向我招手，大概是發現我在環顧店內找人了吧。

承受其他客人的目光有點尷尬，於是我低下頭加快腳步走過去。

——在這個時間點，異樣感的嫩芽已經探出了頭。

它隨著前進的步伐在腦中不斷成長，能夠清楚看見坐在老爸面前的新家人時，甚至紮根伸出莖葉。當我抵達座位時，名為混亂的花朵已經盛放。

這不對吧？到底怎麼回事啊？

「幸會～你就是悠太吧。真的很抱歉喔，明明忙著打工卻還把你找來這裡。」

「不、不會。我是他兒子淺村悠太。妳就是家父的……」

「我叫綾瀨亞季子。呵呵，我已經聽太一說了，你真的很可靠呢。」

我困惑地愣在原處，先對我搭話的女性——自稱綾瀨亞季子的女性，親暱地喊出老爸的名字，臉上帶著幸福的微笑。

她雖然有點娃娃臉，表情和眼神卻散發出成熟女性的魅力。老爸那句「充滿包容力的美女大姊姊」十分貼切，一點也不誇張。

令人聯想到一朵綻放在夜間城市的蒲公英。

然而，令我混亂的原因，並非亞季子小姐這位絕世美女。

我的目光，定在旁邊那人身上。原來如此，確實依稀還看得出照片上那張臉。她應該就是今後要成為我妹妹的女生吧。不過，模樣與我想像的截然不同。

「好啦，妳也打聲招呼呀～」

「嗯。」

像尊精美擺設般坐得直挺挺的女孩，**撥了撥染成明亮顏色的頭髮，露出帶有銀色光澤的耳環**，對我露出不可思議的笑容。

「幸會，我是綾瀨沙季。」

「咦，啊，是。我是淺村悠太。幸會。」

對方很有禮貌地問候，我也自然地挺直了腰桿。

——根本不一樣嘛。

確實還留有當年的影子。要是有人告訴我，照片上的小學女生和她是同一人，我馬上就能接受。

只不過，要說清楚那是**十年前的模樣**。

震驚的我，打量起綾瀨沙季的模樣。在我眼前有個足以令人屏息，絕對不可能是什麼小學生的「女性」。

雖然頂著一頭柔順長直髮而非什麼奇葩髮型，髮色卻很顯眼，再加上手腕戴著飾品、耳朵掛著耳環，便服也是一件不流於低俗的斜肩上衣。儘管店內亮度令人難以辨識，不過她應該也化上了妝吧。

精心打扮過的時尚女性。活在陽光下的ＪＫ（註：日本對於「女高中生」的簡稱），原本以為我這一生都不會有所交集的那種人。

而且碰上初次見面的我，她表現得既有常識又成熟，甚至給我一種彷彿鈕釦沒對上的不協調感。

我沒再多說什麼就坐下，然後對旁邊的老爸咬耳朵。

「我說啊，跟之前講的不一樣吧？」

「唉呀，我也是今天才第一次碰面，嚇了一跳。照片上明明還是小學生。」

「是啊。不管怎麼看**年紀都和我差不多吧**？」

「聽說是同齡。她今年十七歲，高中二年級。」

「這已經連妹妹都算不上了吧。」

「你的生日比人家早一週喔。」

「一週。」

區區一週。不管再怎麼用言辭修飾，都只是同齡吧。原先想像中那種不需要太留心舉止而能輕鬆面對的妹妹形象，發出嘎啦嘎啦的聲音崩毀。

「抱歉害你們誤會了。沙季她啊，長大以後完全不肯拍照，能給你們看的只有以前的照片嘍～」

耳朵很靈聽到我和老爸對話的亞季子小姐，無奈地看向身旁的女兒，以挖苦般的口氣說道。

我自己也很排斥拍照，所以能理解這種心情。令我不解的，反倒是介紹女兒時拿幼年照片給人家看的亞季子小姐。不管怎麼想，我都能肯定這人的感性偏離常識。

「我眼神凶惡，拍照不好看。」

「呃，這樣啊？」

露出尷尬微笑的沙季——綾瀨同學，是個符合世間普遍價值觀的的美人。

像我這種對長相沒自信的臭男人也就罷了，她會排斥照相實在讓人難以理解。

只不過，我把這種話留在心底。我沒打算把「長得漂亮就不怕照相」這種個人想像加諸在她身上。

綾瀨同學把手放上胸口說道。

「不過，現在我放心了。」

「什麼事？」

「我原本還在想，今後要一起生活的人如果很可怕該怎麼辦。」

「這就難說嘍。有可能只是裝出一副和藹可親的臉而已。」

「剛剛聽太一先生說了不少你的事，像是幾乎每天都在打工存大學學費等。感覺是個很認真的人呢。」

「十幾分鐘前打工地點的前輩才罵我工作不認真喔。」

「還說你成績很優秀。」

「腦袋好的罪犯很多，對吧？」

「啊哈哈。」

綾瀨同學掩嘴輕笑。

在旁捏把冷汗看著我們對話的兩位家長，見狀也鬆了口氣露出笑容。

看來和義妹的第一次接觸很順利。

儘管和事前演練相去甚遠，但我的應對能力還真不賴。看樣子能建立起不妨礙到彼此的關係。

就這樣，淺村家、綾瀨家兩家的會面，從頭到尾都一團和氣。差不多過了晚上十點之後，由於明天還要早起，所以就此解散。

老爸和亞季子小姐表示要先結帳和上廁所，於是我和綾瀨同學到店外等候。

即使到了深夜，道玄坂的喧囂聲依舊不絕於耳。看見路邊那些高聲拉客的人與喝醉了大聲嚷嚷的庸俗男女之後，我偷偷瞄向身旁的「妹妹」。

她顯眼的外表，和此刻走在澀谷路上的人們沒什麼兩樣。正是那種我原以為大概一輩子都扯不上關係的「女人」。

不過，剛剛在家庭餐廳裡的對話，能感受到她內在的知性。

外表終究只是外表，與性格、禮儀無關。如果事情這麼單純，倒是簡單易懂。

然而這個「妹妹」的友善態度裡，藏的不止這些。其中還帶著某種難以言喻的不協調感。

這股不協調感的真面目，馬上就揭露了。

「淺村同學，在媽媽他們出來之前，我有些話想對你說。」

「不能對長輩說的話題？」

「沒錯。講得更清楚一點，這些話只能對你說。」

「短短幾句話就能讓妳這麼信任我啊？我還真是了不起呢。」

「你的幽默、說話方式、表情，全都感受不到熱情。所以，我想你應該能正確理解我要表達什麼。」

「啊……………」

原來如此。換句話說，她和我很相似。**剛才那股不協調感，也就說得通了**。

於是她說出了口。事後回想起來，此刻她說的這句話，大概為我倆的兄妹關係下了難以動搖的定義吧。

「我對你沒有任何期待，所以希望你也別對我有任何期待。」

這句話的意思，你應該不會誤解吧？

她這麼說完便盯著我的臉，等待回應。

我早已準備好答覆。

在某些人耳裡，這句話或許像是冰冷的離婚宣言。不過對我來說，這是個讓彼此坦誠以對的提議。

「現在，我總算放心了。」

「嗯，我也是。總算放心了。」

「還請妳務必維持這種相處模式，綾瀨同學。」

「謝謝你，淺村同學。」

我，淺村悠太，和義妹綾瀨沙季的關係，就這樣開始了。

6月7日（星期日）

「歡迎蒞臨寒舍……好像哪裡不太對——今後大家就住在同一個屋簷下嘍……這樣好像太噁心了。唔……」

我瞄了一眼堆積如山的紙箱和昨天才剛送到的全新家具之後，繼續對著穿衣鏡擠眉弄眼，反覆演獨腳戲。

傍晚，下午五點左右。

就在日本偏差值最高的住宅區（誇飾法），某棟大廈三樓的一戶。

3LDK（註：LDK是客餐廳及廚房的簡稱，放在前面的數字則代表有幾間臥室）。

這間對於兩個男人來說太過寬敞的住家，從今天起將變得有些狹窄。該用什麼樣的表情迎接即將到來的新家人呢？我持續煩惱了五分鐘。

真要說起來，整件事從前提開始就不對勁了。

三間臥室裡，夫妻共用一間，老爸在那裡準備迎接亞季子小姐，這點說得通。

不過雖說對方會成為我妹妹，但是居然要我這個青春期男性幫一個到昨天為止都還是外人的女生整理房間，真虧他能做出這種敏感的決定。

「咦，怪了，放到哪裡去啦？」

「怎麼啦？」

老爸在走廊上晃來晃去，嘴裡念念有詞，於是我出聲詢問。

「啊，你來得正好。知道除臭劑放在哪裡嗎？」

「應該在起居室。好像昨天拿去處理窗簾之後就擺著了。」

「啊～那裡是嗎！謝啦！」

腳下踩著拖鞋的老爸，慌慌張張地跑向起居室。

「話說回來，為什麼到現在才這麼焦慮啊？」

「我想說臥室晚點再處理，開始打掃之後卻介意起味道了……你想想看，要是人家覺得我很臭，會讓我大受打擊啊……」

「你也未免太纖細了吧？」

「到了我這個年紀可是重創耶！悠太你還年輕所以沒關係，二十年後一定也會變得像我這樣喔。」

「你就不能講些讓兒子對未來抱持希望的話嗎……」

看他拿著除臭劑的容器衝進主臥室，我無奈地嘆口氣。

既然這麼在意就每天打理——對於忙碌的上班族說這種話，恐怕太殘酷了吧。

「我房間倒是沒問題……應該吧。」

現在我有點不安了。

儘管已經和綾瀨同學講好不要對彼此有任何期待，但我自認還不至於沒常識到第一天就讓人家住進充滿高中男生氣味的房間。洗床單、打掃、除臭，這些我全都下過一番工夫。除非我的鼻子壞了，否則應該沒問題吧。

正當我對自己這幾天的成果感到滿意時，門鈴聲響起。

——終於來了嗎。

「悠太～可以麻煩你嗎？」

「好好好。」

我代替還在努力掙扎除臭的老爸，小跑步到玄關。

「久等了……咦？」

「恭候多時嘍～」

我盡可能保持笑容，表現得友善一點。

然而刻意擺出的完美表情，在開門瞬間就僵住了。

站在門外的，是雙手提滿了百貨公司紙袋的亞季子小姐。小手已經快沒辦法拿的大量行李，以及從紙袋裡探出頭的大塊帶骨生火腿，散發無比強烈的異樣存在感。

「呃，亞季子小姐。這是……」

「從今天起要承蒙你們關照，所以我買了些東西聊表心意喔～」

「這麼多啊？總覺得很不好意思。」

「不用那麼客氣沒關係。因為其實不是這樣。」

一個無奈的聲音傳來。

站在亞季子小姐後方的沙季——綾瀨同學（同樣雙手都提著紙袋），疲憊地說道。

「媽媽她沒辦法拒絕別人。店員推薦的東西全都買下來了。」

「啊，原來是這樣……」

「等一下～這麼一來，我不就成了沒用的大人了嗎？」

「這是事實吧？」

「咦～！沒這種事對吧，悠太！」

流彈來了。

說實話，再怎麼抵擋不住推銷也該有個限度——和帶骨生火腿對瞪的我，打從心底這麼想。但是那張像小孩般氣鼓鼓的臉一盯著我看，這番誠實的意見就被封殺了。

說是這麼說，但我也不太願意味著良心講出「沒這回事喔」這種話。因為綾瀨同學無言地看著我，用眼神示意「別寵她」。身為夾在母女之間的可悲中間管理職，我的選擇是——

「站在門口說話也不好，進來吧。我幫妳們拿行李。」

當成沒這回事。

聰明人也說過，人類若要得到幸福，少不了忽視技能。

儘管方才的一連串發展被無視，將紙袋遞給我的亞季子小姐卻沒有放在心上的樣子，只是微微一笑。

「謝謝你，不愧是男孩子。」

「啊哈哈。」

對於她的感謝，我回以曖昧的笑容，轉過身去。請綾瀨同學母女穿上剛買的全新拖鞋之後，帶她們進屋裡。

一進起居室，亞季子小姐便開心地「哇」了一聲。

「嗯～有種柑橘類的香氣耶。」

「喔？弄得相當乾淨呢。」

擦得晶亮的地板與飄著清爽氣味的起居室，讓綾瀨同學也讚許地鬆了口氣。

「唉呀，只是緊急打掃了一下而已，平常沒——」

「就和太一說的一樣。你們父子真的很愛乾淨呢。」

「——俗話說得好，健全的精神要從清潔的空間做起嘛。」

我把否定言論吞回肚子裡，迅速轉變立場。

真危險。看來老爸為了給亞季子小姐好印象，特地強調了好的一面。雖然說，謊言穿幫導致好感度暴跌進而讓事情告吹也是自作自受，不過受過女人教訓的老爸好不容易才振作起來想掌握新的幸福，扯他後腿也未免太過分了，於是我決定暫且幫他掩飾。

綾瀨同學懷疑地盯著下定這種決心的我。

「平常就這麼乾淨嗎？」

「那當然。灰塵一點不留全數殲滅，乃是淺村家的家訓。」

「這家訓聽起來有點危險呢。」

6月7日（星期日）

這不是說謊。在鄉下的奶奶以前一天到晚說這是祖上某位戰國武將的訓示。還記得自己儘管當時就認為十有八九是假的，依然笑咪咪地聽她說故事。

「話又說回來，真不愧是太一呢。」

亞季子小姐呵呵笑。

「我知道他是個細心時髦又帥氣的人，沒想到連家裡都這麼注重。」

「時髦……老爸嗎？」

「是啊，第一次來店裡時大概是因為和上司一道吧，感覺很純樸。第二次起身上就有古龍水的氣味，領帶品牌也給人一流社會人士的感覺。」

「啊～」

這麼說來，有段時間他在衣服和香水上花了不少錢。

我當時只覺得大人的世界很花錢，結果居然是為了吸引心上人的注意。

「妳、妳們好啊，亞季子、沙季！」

老爸從主臥室走出來。打腫臉充胖子被揭穿的他，手裡還拿著除臭劑的容器，我看了大吃一驚。

「喂，老爸……」

把你手上的東西收好。人家好心幫你掩飾，不要馬上就亮出臨時打掃的證據。這些話也不能直接說出口，因此我試著用眼神告訴他。

然而我只是白費力氣，老爸露出彷彿在鏡子前練習了幾百次的笑容這麼說道。

「歡迎蒞臨寒舍！今今今、今後大家就住在同一個屋簷下，請多指教嘍！」

太棒了，簡直就是噁心的範本。

用語噁心，滿口裝模作樣的台詞卻咬到舌頭，再加上刻意的表情，實在令我不忍心看下去。

「這麼受歡迎真開心～來，這是土產！」

「這不是帶骨生火腿嗎？好耶，今晚就開火腿派對吧！」

這樣居然也能熱絡起來，還真是對好搞定的夫妻。

亞季子小姐沒注意到除臭劑，老爸也自然地接下大量行李。怪人和怪人容易合得來嗎？

「欸，淺村同學。」

「嗯？」

「我想看看房間。可以帶我過去嗎？」

6月7日（星期日）

「啊，喔……了解。」

我和綾瀨同學丟下在扭曲時空相視而笑的夫妻，把百貨公司紙袋留在起居室，帶她去我為她整頓過的房間。

「就是這裡。」

「喔，這裡啊……」

「窗簾和床鋪都準備好了，但是我不曉得妳想要什麼顏色的床單，不喜歡的話可以換。書桌我按照傳統擺法放在窗邊，想挪動的話就說一聲。」

「謝謝。你們已經做好了接納我們的準備呢……喔～」

綾瀨同學越過開門的我，走到房間正中央。

儘管語氣平淡，眼睛卻像好奇心旺盛的貓一樣四處打量。

同齡女生就在眼前，還是個將頭髮染成明亮顏色而且打扮入時的稀世美女。

不知是洗髮精、香水、費洛蒙，或是某種處男無法想像的特殊力量發揮效用，房間裡瀰漫著一股宛如火烤蜂蜜的甜香。

她拖著香氣的尾巴，轉頭看向我。

「真寬敞。」

「是這樣嗎？我覺得很普通耶。」

「我之前的家，是一間破舊的套房。三坪大，也沒有我專屬的房間。」

「妳們在三坪大小的地方打地鋪，兩個人一起睡啊……一起睡是嗎？」

難怪家具幾乎都是新的。

「不是。睡覺時可以獨占整個地方。我是學生，媽媽上夜班，兩人生活作息正好相反。」

「不過這樣不是比較輕鬆嗎？不好意思，家裡多了兩個男人。」

「……這倒是沒關係……可以問個問題嗎？」

「有什麼問題嗎？」

「就是這個。」

「咦？」

「為什麼口氣這麼拘謹？如果是因為什麼主義主張信念教義，倒是可以隨你高興。」

我沒加入那種詭異的宗教。身為毫不懷疑地接受「對初次見面的人和年長者說話該客氣一點」這種神祕規矩的日本人時，大概就已經下意識受到某種宗教式價值觀束縛了

——這種吐槽暫且擺到一邊。

「要問我為什麼也……」

「畢竟我們同齡，可以放鬆一點喔。如果是因為顧慮我，那就不用了。」

「不就因為是同齡才該這樣嗎？」

「咦？像是和同學、朋友聊天的時候，講話這麼客氣不是很怪嗎？」

「這是強者的理論吧？」

我十七年的人生裡，幾乎沒和女生有過交集。綾瀨同學這種外表顯眼的女生就更別提了。就算人家乾脆地要我放輕鬆別客氣，想跨過這個門檻也絕對不算簡單。

「是嗎？不過呢，我也沒打算對淺村同學的做法說三道四就是了。如果是顧慮我就免嘍。」

「我倒是沒這個意思……啊。」

話說到一半，我突然想起一件事。

別對彼此懷抱期待。我想到第一次見面那天，離開家庭餐廳時，綾瀨同學曾對我這麼說過。

不抱期待。我一邊思索這句話的意義，一邊開口詢問。

「這件事似乎確認一下比較好，所以我就問了。該不會，如果硬要選……妳希望我說話別用敬語，是嗎？」

「嗯。老實說，直來直往感覺比較能讓人放鬆。更何況，我也不是什麼值得尊敬的人。」

「ＯＫ，那就這麼辦嘍。」

我聳聳肩，改成平輩之間的輕鬆口吻。

綾瀨同學驚訝地瞪大眼睛。

「真乾脆耶。」

「說實話，要把妳當成老朋友那樣對待有點困難，不過難得妳都坦誠相告了。講得這麼清楚，我應對起來也比較容易。」

「是嗎？果然和我想的一樣。」

綾瀨同學輕輕一笑。

綾瀨同學的語氣和表情都缺乏起伏，因此顯得冷漠難親近，這似乎還是她初次展露柔軟的一面。

「能夠像這樣『磨合』，實在是幫了個大忙。」

6月7日（星期日）

「『磨合』嗎，形容得很巧妙呢。」

沒錯。若要用一個詞形容我和綾瀨同學之間的互動，就是它了。

首先，綾瀨同學考慮到我可能有某種宗教背景或信條，因此表示不必用敬語，把主動權交給我。聽到她的意見後，我便決定先確認她是否希望我不要用敬語，於是得到了YES的答案。

覺得這理所當然，是很單純的溝通嗎？

不過以我的主觀來看，能夠做到如此圓滑而沒有摩擦的「磨合」，還是第一次。

大多數的情況下，人類會要求對方理解、共鳴。

就算不解釋也能明白我的心情吧！為什麼不懂這種言論會讓我不爽——別人腦袋裡在想什麼根本看不到，大家卻都愛提些無理的要求。

既然如此，開場直接亮出手牌就好。

這麼說會讓我生氣。我很看重這種事。原來如此，那我們就這麼相處吧。不去期待對方能夠理解自己，而是交換情報讓對方弄清楚——

「如果所有人類都像我和淺村同學這麼做，那就輕鬆多了呢。」

「話是這麼說沒錯，但實在不太可能啊。」

C'est la Vie

我完全不懂為什麼要排斥敬語，不過只要弄清楚「她不喜歡敬語」這點，就可以避免帶給她無謂的壓力。

事務性地、機械性地。

只要開誠布公弄清彼此的要求，大家都能幸福。可是不知道為什麼，這個社會就是無法如此。

「我對學校的朋友表明這種立場之後，被取笑『這什麼嘛，契約書啊』，沒人把我的話當真呢～」

「那還真難受啊。」

「嗯，所以幾乎全斷交了，只剩一個。」

「喔喔……這還真是……」

該說她乾脆還是該說她有膽識呢？笑著說起這些事的她，有種奇妙的清爽感。

「沒什麼，反正斷交的都是些斷了也無妨的人。那些人根本不知道在想什麼，也不知道哪裡有地雷，討她們歡心太浪費時間了。」

「有道理……啊，說到時間，單純站著聊天也算是浪費時間對吧。我來幫忙整理行李吧？」

「這麼體貼啊。」

「賣點人情說不定之後會有回報嘛。這是雙贏喔。」

「真是積極進取呢。」

「拜託別挖苦我了啦……」

「我是在誇獎你耶。那麼，該從哪裡下手才好呢？」

綾瀨同學環顧室內，思索了一會兒。然後她嘀咕著「還是那個吧，畢竟必須先解決那個才行嘛」之類的話，指著某個紙箱。

「我想從那個開始。有美工刀嗎？」

「有啊有啊。」

我回到自己房間，從書桌抽屜拿出美工刀後，再度踏入綾瀨同學的房間，走近她所指的箱子。

「啊，借我用一下就行了。」

「不必在意。開箱這種小事算不上什麼幫忙。」

「不，我不是這個意思。那箱是——」

背後的綾瀨同學似乎有話要說，但是我沒理會，逕自拿刀割開膠布。用力撕掉膠布之後，白布便從紙箱的縫隙探頭。這個瞬間，我才搞懂綾瀨同學剛剛的反應是什麼意思，覺得十分後悔。

「因為那是——衣物。」

「這麼重要的事麻煩早點講！」

我連忙別過頭不去看方才映入眼裡的東西，並且拉開距離。這種處男心態一覽無遺的反應，讓綾瀨同學笑個不停。

「啊哈哈。不需要像碰到汙染物質一樣吧。真過分。」

「知道什麼叫傷眼嗎？這對青春期男生來說和有毒物質沒兩樣。」

「如果是穿在身上的當然不妙，但是洗過之後這東西和手帕根本沒兩樣吧？」

「別捏著它在我面前晃，我說真的。」

雖然曉得那的確只是布，然而看見她把白布從箱子裡抽出來晃著玩，不禁令我冷汗直冒。

雖然她在人際關係等方面的價值觀和我很合，不過看來彼此還是有些決定性的差異。

「內衣褲我會自己處理。可以幫我把那邊的制服掛起來嗎？」

「制服的刺激性也相當強耶。」

「別動不動就發情，這麼一來不就什麼忙都幫不上了嗎？好啦，讓自己放空，動手吧。」

「啊，嗯。放空、放空。」

我這麼告訴自己，然後拿起她的制服。上衣、裙子，還有毛衣。每一件摸起來都很軟，即使刻意不去思考，注意力仍然會被吸過去。

「咦？」

我停下了手。眼前有一條應該是由學校指定的領帶，一看見上頭獨特的嫩草色圖案，就有種似曾相識的感覺。

「這個……呃，綾瀨同學。妳該不會是讀水星？」

「嗯，是啊。我這種看起來很愛玩的人就讀升學校，讓你嚇一跳了嗎？」

「吃驚的地方不在這裡啦……我也讀那裡喔。」

都立水星高中。在澀谷區周邊的都立高中裡，這所學校考上一流大學的比率特別高，可說是明星學校。儘管課業繁重，但是只要能夠維持成績，學生想打工也沒關係，我就是看中了它的靈活不死板，才決定讀這裡。

6月7日（星期日）

因為父親再婚而冒出來的妹妹，不僅和我同年，甚至是讀同一所學校的同學。命運也未免太多巧合了。要說有什麼能慶幸的地方，大概就是我們不同班吧。同班不知會有多尷尬。

我瞄了綾瀨同學一眼，想看她有什麼反應。她瞇起帶了點陰影的眼睛，一臉認真地思索。

「原來淺村同學也是水星……這樣啊……」

「……抱歉。都怪我家老爸事前沒有調查。」

「沒關係，反正媽媽也沒確認過。不需要道歉吧？」

「不過，這樣不是很尷尬嗎？我在學校會盡可能裝成陌生人。」

「咦？不，我沒差喔。啊，不過，這樣對淺村同學你來說可能比較好。」

「這話是什麼——」

說到一半的問題，被突然響起的震動聲塞回肚子裡。

我還在想是誰，一看之下，發現只顯示了簡單的「打工地點」這個登錄名稱。

「你接啊。我沒興趣綁住別人。就算在我眼前講電話我也不會介意。」

「我們還真合拍呢。」

打從心底這麼想的我，按下通話鍵走出房間。

在這種時間打電話來，大概是排班臨時缺人希望我能幫忙吧——我暗自猜測是這樣，一接起來果然不出所料。儘管無奈，唯命是從的我依然決定乖乖照辦。

接完電話回到房間，已經動手整理行李的綾瀨同學，神色自若地回過頭來。

「對方怎麼說？」

「要我去打工的地方幫忙。抱歉，沒辦法幫妳整理了。」

「沒關係。畢竟這本來就是我的工作。」

明明事出突然，她卻沒有半點不悅的神色，理所當然地這麼回應。

同齡女生、美人、外表是辣妹。儘管湊齊了三種我個人的地雷要素，卻只令我有點緊張，彼此依舊能正常對話，想來是多虧了綾瀨同學的成熟態度吧。

「那麼，我走嘍。」

「嗯，路上小心。」

她平淡的語氣和轉頭忙碌的模樣，大概會讓很多人覺得沒有半點妹妹的感覺。

不過，以新家人來說，沒有比這更能讓我安心的反應。於是我鬆了口氣，走出房間。

6月7日（星期日）

鄰近澀谷站的大型書店。

出了八公口之後，穿越那片觀光客和YouTuber各自用三腳架、自拍棒等方法攝影的風景，再通過交叉路口。

我看了看大聲播放手機遊戲廣告的大型電子看板，停好自行車，走進一棟八層樓的建築，抵達打工的地點。

我在這裡當書店的店員。

我從小就愛看書，從童書到海外文學作品都不放過，推理、奇幻都會咀嚼到覺得無味為止。不是單純地看，而是咀嚼，這樣形容比較貼切。對於這樣的我來說，飄著新書香氣的樓層，簡直就是天堂。

書很棒。能讓我看到許多人的人生。

淺村悠太這個人，一般來說只能體驗到一個平凡男性的人生。

不過只要看書，就能分享無數他人的人生。

當然，不止故事，自傳、商業書籍也不例外。可以透過各式各樣的書籍，將許許多多的某人輸入自己腦中。

視野狹窄。

不注意周遭環境的傲慢。

令人不禁想掩面的自戀。

能夠有自知之明避免自己變成上述那種丟臉的人，時時注意客觀地審視自己，或許都是因為有看書。

成年男性的腦約一千四百公克。

如今我甚至覺得，遵從這麼小一個封閉世界的常識，按照這種偏差視點的判斷而活，非常可怕。

（如果沒看書，我是不是也會變成那樣呢？）

晚上八點。

我大約六點開始幫忙，在假日的尖峰時段接待客人、結帳，過了兩小時。

客人也開始減少，正當我心想總算能休息而在櫃台做些折紙書套之類的簡單工作時，賣場卻出現了那種景象。

「糟糕，小姐妳完全就是我的菜。我對妳一見鍾情。」

「請問要找什麼書？」

6月7日（星期日）

「妳太可愛了。打工結束之後要不要一起吃個飯？幾點下班？」

「大概是**你不在的時候**吧。」

「好好笑，完全聽不懂。唉呀，小姐妳真的很有意思耶！」

對女店員裝熟的玩咖男子。雖然對方擺明了是隨便應付一下，甚至出言諷刺，卻還是看不出要退縮的意思。儘管在澀谷是常見的畫面，但是在書店裡這樣沒完沒了地搭訕店員，實在很稀奇。

被搭訕的女店員，有一頭充滿大和撫子感的黑色長髮。

清純又惹人憐愛的文學少女——與輕浮一詞完全相反的優雅裝扮，宛如散發清香的花朵。

即使面對無禮至極的輕薄搭訕依舊不失笑容，臉上始終掛著友善的業務微笑。

然而，眼裡沒有半點笑意。

（雖然不想惹禍上身……）

儘管這麼想，我還是隨手拿了一份資料夾和清單，走向噪音來源。

「讀賣小姐，有些事想麻煩妳指點一下。」

「啊，嗯！什麼事？」

「進貨清單有點怪。我不知道該怎麼對照電腦上的資訊。」

「……！知道了，我這就去看喔。」

「喂，等、等一下啦！」

女店員立刻明白我的意圖，急著要離開現場，搭訕男子見狀慌張地伸出手。

那隻粗魯的手，試圖抓住女性的纖細手腕。不過，我若無其事地用資料夾擋下他的手指。

「這位客人，請問還有什麼事要找**我的讀賣小姐**嗎？」

「咦？」

當然我和她不是那種關係。這只是應急用的謊言。

玩咖搭訕男先是愣了一會兒，接著兩手一闔，用力低下頭。

「唉呀～抱歉我真是不識相！也對，這麼漂亮的女性怎麼可能沒男友嘛～」

「咦。啊～嗯，是。」

老實說，出乎我的意料。

按照虛構世界裡常見的玩咖搭訕男行動模式來看，他應該會激動地揮拳揍人。然而真貨倒是放棄得很乾脆，令我很意外。

雖然這人或許是特例。

「小哥，要珍惜這位小姐喔。祝你們幸福！」

玩咖搭訕男為我們加油打氣之後，比了個慣例的玩咖手勢，隨即走出店裡。

吵鬧的客人離去，店裡恢復寂靜。

現場一安靜下來，其他客人的目光便令人感到很不好意思，於是我遮住泛紅的耳朵，低下頭快步走回櫃台。

「謝謝你，後輩。你幫了個大忙啊。話說回來那個搭訕男啊，既然放棄得這麼乾脆，那麼一開始我敷衍他時就該撤退吧……對不對，男友小弟？」

「拜託別開我玩笑了。」

「連一晚都不到，只限一分鐘的戀人呀。嗚嗚嗚。」

回到櫃台之後，有如小惡魔的她拋開方才的營業笑容，吐舌輕笑。她從口袋裡掏出寫著「讀賣栞」的名牌，拿到嘴邊晃了晃，順勢別到胸前。

「工作中不是不能拿掉名牌嗎……」

「臨機應變。」

讀賣前輩以她優雅的食指比了個「保密」的手勢。

「規矩呢，是為了讓組織運作順利而存在的，對吧？如果我的本名洩漏，導致類似那人的搭訕男變成麻煩的客人，事情反而會更糟。」

「的確。」

行動時不會盲從既定規則，而是考慮到規則本質的讀賣前輩，腦袋應該算得上相當好吧。

我個人認為，這種聰慧就是她最大的魅力，不過世間男性似乎大多並非如此。

「這個月已經三次了～」

「今天才七日，平均兩天一次呢。」

「上班也是第三次。這已經變成正常業務的一環了啦～」

讀賣前輩躲進客人不容易留心的櫃台後方，裝出一副疲憊不堪的模樣。

拿被搭訕的次數來抱怨，就算聽到的人當成是自虐式炫耀也不足為奇，不過我向來主張待人要公平理性，因此沒有多作它想，而是老實地聽前輩訴苦。

「拜託好歹別在店裡這麼做。每次伸出援手都要被讀賣前輩調侃……唉，反正我也習慣了。」

「一直以來承蒙關照啦。後輩你真的很可靠呢～」

「……啊，抱歉。講得好像要凹前輩報答我一樣。」

「沒關係、沒關係。實際上我也真的替你添了麻煩，盡量凹吧。」

她「啊哈哈」一笑，拍拍我的肩膀。

讀賣前輩外表是個清純又惹人憐愛的大和撫子，不過只有兩人值班時就會鬆懈下來，像這樣隨口開玩笑。

她總是貼得很近，對於肢體接觸也毫無顧忌，一開始讓我嚇一跳。不過明白到她就是這種人之後，要習慣她的友善就容易多了。

「話又說回來，前輩還是老樣子受男生歡迎呢。人長得漂亮果然不一樣。」

「後輩……要是太常讚美別人，遲早會變成剛剛那樣的男生喔。」

「拜託不要嚇人。」

「唉呀，也不是什麼漂亮。說不定，他們覺得只要堅持下去就**上得到**呀～」

「上……得到……」

突然冒出這種露骨的說法，我不由得啞口無言。

長得漂亮，卻乖巧又文靜。

確實，這種在澀谷算得上是異端的特徵，或許會讓男人產生某種誤解……

6月7日（星期日）

因為是純情的千金小姐，所以對男性沒有免疫力，只要強硬一點就能攻陷——我很清楚，這種第一印象不過是男人們的可悲幻想。

本尊有很多嗆辣的發言。

「話說回來，後輩。今天你身上有股女孩子的氣味耶，交女朋友了嗎？」

還有點S。

「拜託別說些奇怪的言論……真的有氣味嗎？」

「那還用說，氣味撲鼻而來啊。究竟是調情了多久才會這麼濃啊？」

「請容我早退。我這就回家沖澡。」

「啊～騙你的啦～別丟下我一個人～」

我聞了聞制服的袖子作勢要回家，讀賣前輩見狀連忙拉住我。

目前值班的只有我和讀賣前輩。雖說尖峰時段已過，剩下的時間要一個人應付還是沒辦法。當然我只是假裝一下，不是真的要回家。

「記得嗎，之前有聊過吧？你說妹妹差不多要來了。」

「啊～」

這麼一說我才想到，之前我曾經找這個人商量。

得知即將成為義妹的綾瀨同學與我同齡之後，不知該如何應對的我，找上身邊唯一而且待人親切的女性讀賣前輩，請她提供建議。

結果她從頭到尾都在調侃我，完全沒得到任何有意義的情報。

『只有「對方是女生」這點情報，沒辦法提供任何意見。畢竟每個人的性格、興趣、價值觀都不同。』

以上是她的意見。這話確實很有道理，因此我也沒打算埋怨。

「怎麼樣，妹妹可愛嗎？」

「呃，我覺得好像不該用這種眼光看人家。」

「我知道你不是會為此高興的肉食類型啦。我要問的是，從客觀角度來看她長得怎麼樣？」

「……我想……應該算是美女。嗯。」

我老實地回答。

之所以講得不乾不脆，則是因為用這種方式形容今後要當成家人共同生活的異性，會讓人心頭有股很不舒服的罪惡感。

就算對於人際關係的看法相近，我也沒辦法厚臉皮到說綾瀨同學和自己屬於同一個世界。

身材出眾、容貌端正、頭髮染成漂亮的金色、完美的時尚穿搭，綾瀨同學顯然與我這種陰屬性不同，而是陽光風格。

由我這種不怎麼了解她的人開口讚美，就算她一點都不高興，甚至覺得噁心也不足為奇。

「咻～和美人同居啊～春天到了呢～」

「什麼都不會發生啦。」

「說不定真的會發生『什麼』喔？」

「這種突然像個大叔一樣開黃腔的壞習慣，還是改一改比較好喔。」

「國中高中大學都讀女校，這也是難免嘛。」

「被妳牽連的女校還真倒楣啊……」

「不過呢，這就是真相。」

「……真的假的？」

「信還是不信，就看你嘍……開玩笑的。」

一段有如都市傳說介紹節目的言論之後，讀賣前輩淘氣地眨眨眼。

我在心裡選了後者。我想保護「百合盛放的花之學舍」這種女校的神聖形象。

「這個嘛，我也是男生，腦裡當然會想像些特別的畫面嘍。不過老實說，現在根本不是有這種邪念的時候。」

「嗯～？」

「妳想想看嘛。我可是要和同齡異性住在一個屋簷下喔。對於異性相處能力等級0的我來說太難了啦。」

「你以為我的性別是什麼啊？」

「我認為讀賣前輩實質上是男的。」

「啊哈哈！等等，這太過分了吧！雖然說得確實很妙啦……」

「比較類似同性朋友，或者可靠的男性前輩喔。」

而且還會開黃腔——不過嘛，或許女性開黃腔比較猛就是了。

「啊哈哈哈。啊～呼、哈哈哈……OK，了解。後輩你和女生相處的能力毀滅性地差勁，這點我透過剛剛的互動已經很清楚了。」

「……我決定不反駁也不辯解。」

根本做不到。

6月7日（星期日）

「老實說，我很煩惱。以兄妹來說，怎樣的態度才叫適當？該用什麼樣的方式關心對方才好？我滿腦子都在擔心這些事，根本沒空為了和美人同居還什麼的高興。」

「我覺得後輩你保持平常的樣子就行嘍～」

「保持平常的樣子，不會惹人家生氣嗎？」

「後輩你討厭我平常的樣子嗎？」

「……完全不會。」

「看吧～」

「不過，讀賣前輩是個美女……美女平常的樣子，和我這種陰角平常的樣子，哪可能等價啊……」

「呃，你對自己的評價太低了吧～我倒是很中意你喔。」

「不過，讀賣前輩是個怪胎……」

「喔，句型一樣台詞卻完全相反。不錯耶，藝術分很高。」

「就是這種地方啦。」

對話時如果講得夠巧妙夠高明，讀賣前輩就會突然擺出一副評論家的臉。按照她的說法，這是文學少女的嗜好，隨時都會注意日常生活裡的優美修辭。

雖然本質和每秒都在思考大叔笑話的中年男性沒兩樣，不過這個殘酷的真相還是留在我心裡就好。

就在我對於文學少女和中年男性的相似感到悲哀時，讀賣前輩突然冒出了一句「對了」，隨即小跑步到賣場。

她沒多久就回來，手裡還拿著一本書。

「找到了找到了。這本，推薦給你。」

「《男女的科學》？」

「和他人——特別是和異性打好關係的方法，是基於心理學研究寫成的。我也參考了不少喔。」

「好像很有意思呢。」

我接過書翻了一下，老實地這麼說道。光是掃過目錄，就讓我覺得現在的自己很可能需要這本書。

首先要了解對方。

接著要了解自己。

為此，該學會客觀審視自己的方法。

6月7日（星期日）

其他書也寫了和這些很類似的話。正因為如此，我才想希望隨時都能客觀地審視自己，就這一點來說倒是沒什麼新意。

不過，《男女的科學》目錄中的一句話，吸引了我的目光。

『如果想提高客觀審視的能力就寫日記吧！』

具體，而且能立刻實行的方法。這部分的新意，讓我想看這本書了。

儘管因為嗜好是讀書，所以容易在書上看見與過去所讀作品相似的記述，不過正因為題材相同，才能夠有如聽相聲那般享受每個作者在行文、斷句上的細微差異。

可能是從表情讀出我對目錄感興趣了吧，讀賣前輩像個夢魔般嘴角一揚。

「書的效果，我已經用你證明過了。」

「已經用上啦？」

「可信度變高了對吧？實際上，我和後輩你也處得很好。」

「確實，非常有說服力。」

坐而言不如起而行。

比起口若懸河陳述減肥有多美好的胖子，還是默默努力讓人看見自己逐漸瘦下去的前胖子更能說服人。

最後，我買下了這本書。

值班時間結束到更衣室脫下打工制服後，我向工作到深夜0點的讀賣前輩買下這本事先保留的《男女的科學》。她哀怨地表示自己和只能工作到十點的高中生不一樣，現在還回不了家。

我收下以紙書套細心包好的書，放進包包裡準備回家，卻突然想起某件事而回過了頭。

「要是又被類似剛剛那種搭訕男子的傢伙纏上，隨時都可以和我說喔。我會騎單車飆過來。」

讀賣前輩當場愣了一下。不過，她很快地就露出開心的笑容。

「真可靠～♪那麼，我會先找後輩你來，再把警察找來。」

「麻煩順序反過來。」

既然要叫警察就用不著後輩了吧。

抵達自家大樓的自行車停車場時，已經過了晚上十點。

回程，我一邊推車一邊搜尋推薦的日記App並下載，所以多花了點時間。

6月7日（星期日）

我將愛車停好，搭電梯上三樓時，突然有種奇妙的罪惡感。

雖然就和先前一樣是以自己的步調回家，但是仔細一想，我好像沒告訴亞季子小姐和綾瀨同學打工何時結束。

如果老爸有幫忙說明就好了，不過老實說，我完全不指望他會這麼細心地幫忙補救。

考慮到家人都已睡著的可能性，我盡可能小聲開門，躡手躡腳地走向起居室。燈光從門上的霧玻璃洩出。還有人醒著。

感受到身體有些緊繃的我，踏入起居室。

綾瀨同學一個人坐在沙發上。

她將冒著熱氣的杯子——大概是熱可可——湊到嘴邊，面無表情地滑著手機。網路社群嗎？對象是朋友還是男友？畢竟她長得這麼漂亮又時髦，是個引人注目的辣妹，兩種都有可能。

「我回來了。」

「咦？啊～嗯。」

綾瀨同學抬起頭，隨口應了一聲。

她的表情與其說是敷衍，倒不如說有點困惑。眼神就像碰到外國人拜託她指路一樣。

「……綾瀨同學？」

「抱歉。因為難得聽到有人對我說『我回來了』，不知道該怎麼回應才好。」

「啊……這樣啊。畢竟妳們的生活作息不一樣嘛。」

這麼說來，她好像曾經提過，她和上夜班的亞季子小姐睡覺時間會錯開。

第一次聽到時，我只覺得「嗯，也有這種家庭啊」。不過就連聽到「我回來了」都會不知所措，這個事實聽了感覺胸口有點悶。

「你的表情看起來很嚴肅。」

綾瀨同學「啊哈哈」地苦笑。

看樣子我所想的都寫在臉上了。

「沒什麼啦，媽媽又沒有虐待我。她總是在我上學的時候回家睡覺並且打理好一切，當我回家時已經出門上班——我們只是固定過這樣的生活而已。」

「可是妳們看起來那麼親密……」

「畢竟是母女嘛。今天難得能一起出門買東西，我很開心。」

她的聲音缺乏起伏，表情也幾近於無。

聽了她這番話，感覺能理解為什麼她會顯得那麼成熟、理智。之所以沒有露出半點寂寞的樣子，大概是已經習慣孤獨了吧。

雖說是單親，但畢竟已是高中生。我自己也一樣，已經脫離見不到父母就會鬧事的年紀。

話又說回來，雖然不知道她聊天的對象是朋友還是男友，我畢竟還是打擾她滑手機了。

歉意頓時湧現，令我只想馬上縮回房間。

「我打算洗澡睡覺了。」

「請。兩邊我都等到最後就好。反正我向來晚睡。」

「這樣啊，了解。」

我老實地縮回自己房間拿衣服準備洗澡，同時思考綾瀨同學這番話的言外之意。

洗澡等到最後。

睡眠也是最後。

這個嘛，畢竟和幾乎是初次見面的同齡男生一起生活才第一天，這也是理所當然。

一來她大概不會想讓別人用自己泡過澡的熱水；二來即使有自己的臥室，她應該還是不會想讓人看見自己毫無防備的模樣。

如果是這樣，那麼我的存在就有可能讓她更晚睡。

——盡快搞定吧。

下定決心的我，十分鐘就結束了平常要洗三十分鐘的澡，用剩下的二十分鐘把水放掉、清洗浴缸，然後重新放熱水。

由於還沒想到適合的相處方式，因此我決定展現目前所能想到對於異性的最大限度體貼。

——順帶一提。

第一次與同齡女生在一個屋簷下過夜，少年漫畫的愛情喜劇裡常在這種狀況下發生的心跳場景，很遺憾地並未造訪。現實中與義妹一起生活，與二次元完全不同，這點就和一開始講的一樣。

話雖如此，但我之所以能夠完全不介意異性的存在順利入眠，大概是因為在我徹底睡著之前，綾瀨同學完全沒因為待在自己家裡就顯得鬆懈。

隔天我起床時，綾瀨同學也已經打理好自己，用完美狀態出現在起居室，完全沒給人任何小鹿亂撞的機會。不過——

「早安。睡得好嗎？」

「託妳的福。」

「我也是，泡了個很舒服的澡，感謝。」

——從這樣的互動裡，能夠一窺綾瀨同學在理性之外的感性魅力。儘管與二次元有所不同，我依舊老實地認為這種關係也不錯。

6月8日（星期一）

這天的早晨，理所當然地沒發生「和綾瀨同學一起上學」之類的事件。

知道是水星的同學之後，我原本還在想說不定會……然而不愧是綾瀨同學，她很理性地表示傳出奇怪的謠言也不好，提議暫時在學校當彼此是陌生人。不管怎麼想這都是正解。

老爸和亞季子小姐似乎也考量到這點，為了避免我和綾瀨同學周圍環境有所變化，決定暫時維持不同姓。

改姓帶來的各種瞎猜和手續感覺就很麻煩，他們這麼貼心實在令人高興。

於是呢，我和綾瀨同學錯開時間離家，各自前往學校。

都立水星高中。

這是個競爭社會。為了在嚴苛競爭下存活，必須留下足夠的成果，無論是在文武哪一方面都行。

這就是敝校的校訓。

校風重視結果多於努力，反過來說只要考試或社團的成績夠好，要打工要請假都沒人會責怪你。我就是受到這種拘束不多的自由校風吸引，才考這所學校。

雖說就讀升學校，卻不代表我有什麼特別想讀的大學或什麼崇高的目標。

我只是想進個好大學而已。

不過，這和積極進取完全無關，我的人生反倒是一直在逃避麻煩。

小學時，有人要我去補習。

當時老爸還沒離婚。曾是我母親的那人，熱衷於把我培養成一個社會影響力比老爸來得優秀的人，讓我上都內有名的補習班就是其中一環。

——我在體驗上課時就遭受挫折。

混在他校的陌生學子裡念書，痛苦得令人吃驚，甚至讓我反胃。這是我第一次發現，自己是個有溝通障礙的人。

後來我怎麼做呢？我拚了命地靠自己念書，成績逐漸往上爬。儘管進了升學校就讀後成績擠不進領先集團，不過在中學時可是頂尖水準。

我沒有什麼進取心，純粹是出於「不想上補習班」這種逃避心態。只是為了逃避

「上補習班」的壓力而做些消極的努力。

之所以一邊維持在校成績一邊打工，不過是基於「讓老爸擔心出路會很麻煩」這種逃避性質的理由，才表現出像是能自食其力的樣子。

所以我發自心底尊敬那些真正上進努力、積極進取的人。

我的好友丸友和，正是這種類型的人。

「喔，淺村。早啊。」

「丸。晨練？」

早上在教室裡的對話。

班會前十分鐘才走進教室的丸，一屁股坐到我前面的位置上。

充滿知性的眼鏡、剃得狂野的髮型、結實的腹部。儘管因為體積大，所以常有人憑第一印象就叫他胖子，但這種形容是個錯誤。聽到他那副壯碩身軀幾乎都是肌肉而沒多少脂肪時，我也嚇了一跳。事後我才曉得，相撲力士的肉體似乎也是同理，幾乎都是肌肉。不能用外表評斷一個人。

「真是個蠢問題啊。我們每天都要晨練啦。」

他板著臉說道。

丸是棒球社的，位置就和外表一樣是捕手。

雖然他積極參與社團活動，不過對於滿滿的練習似乎還是有很多怨言。

「棒球社還真像黑心企業呢。」

「早到和加班理所當然。權力霸凌隨處可見，還有競爭、嫉妒。待遇看資歷，實力主義少得可憐。在這個時間點已經可以提前結束比賽啦。」

「這不就輸了嗎？」

「真敏銳啊。除非真的很喜歡棒球，否則加入棒球社就成了輸家。一旦入社，就連疲憊感也會讓人感到舒坦……不過嘛，我不覺得別人能理解這點。」

「嗚嗯，我一輩子都辦不到。」

丸拿下眼鏡，再從書包裡取出眼鏡盒。他把手上的眼鏡和盒子裡的另一副交換之後，重新戴上。

運動用和念書用。類似RPG（註：角色扮演遊戲的簡稱）的裝備那樣隨時間和場合更換。好像是因為曾在練習時弄破眼鏡，所以他後來都會隨時準備不止一副。

「這麼說來，新生活怎麼樣？」

丸突然冒出這句話。

老爸再婚所以有了新家人一事，我有告訴這位好友。

說實話，我在學校幾乎沒有朋友。

畢竟我實在不擅長和初次見面的人交流，嚴重到會覺得去補習班很痛苦。

不過我與丸友和從入學以來就坐得很近，加上漫畫和動畫方面興趣相投，所以經常對話，回過神時已經成了朋友。或許會有人質疑「這人明明參加運動社團怎會是個動漫宅」，不過因果關係正好相反，他似乎是因為受到熱門棒球漫畫的影響才開始打棒球。

換句話說他不是陰沉的運動社團成員，而是積極正面的動漫宅。

也就是那種會受到動畫影響而跑健身房、愛上露營的動漫宅。

所以嘍，我當然會和他聊到「有了新家人」這種話題。

「怎麼樣啊……如果要用一句話形容，大概是『和原本想的不一樣』吧。」

「多了個妹妹對吧？你這可惡的哥哥。」

「不要講得好像我做了什麼傷天害理的事一樣啦……嗯～要說是妹妹嘛……」

「不是親妹妹沒辦法讓你興奮？」

「不管是親妹妹還是義妹，我都不會當成那種對象看待。更何況——」

我回想起綾瀨同學的臉，補充說道：

「與其說是妹妹，不如說感覺更像是『女人』。」

「這種說法還真下流耶。」

「因為只能這麼形容嘛。老實說，我根本不知道該怎麼和她相處。」

「唔……原來如此，『女人』嗎？嗯，大家都說現在的小學生喜歡假裝自己很成熟嘛。」

「小學生？什麼意思？」

「不就是在說你妹妹嗎？」

丸疑惑地眨眨眼，一副「你在講什麼啊」的表情。

我才想問「你在講什麼啊」。

……不，慢著。對喔，聽到多了個新妹妹時，我擅自認定會是年紀和我有差距的小學生或中學生。之所以看見老爸亮出來那張綾瀨同學的兒時照片卻沒起疑，也是因為這樣。

丸和我有同樣的誤會也不奇怪。

「呃，真要說起來啊。我妹妹——」

說到一半，我停了下來。

妹妹不是小學生是高中生。而且還是同校的同學年。雖然不知是哪一班，不過是個美女——要是說出這種話，可能會勾起無謂的好奇心，讓自己背上不必要的嫌疑。

雖然我認為丸這個朋友值得信任，就算對他照實說也無妨，但是不能違背和綾瀨同學的約定。

信用第一。我是個口風很緊的男人。

「你妹妹怎麼樣？」

「我妹妹……啊～和想像不一樣。和二次元裡的那種完全不同。」

「那當然嘍。你終於連現實和二次元都分不清啦？」

「『終於』像是之前就有徵兆一樣，拜託別這麼講行嗎？」

「這是事實吧。」

「我認為不是什麼事實都能說出口。」

「唉呀，這就是我的特色嘛。」

我知道。

我和丸前前後後已經相處了一年以上，此人舌頭鋒利如刀，一張嘴毫不留情，這點我非常清楚。

「總而言之，雀躍的心情是零。倒不如說精神上很疲憊，或者該說不知道該怎麼和她相處，感覺距離難以拿捏。」

「我想也是。」

「問個不相干的問題——你知道有關綾瀨沙季這個學生的事嗎？」

「嗯嗯？倒也不是不知道，不過你問得還真突然呢。」

對我來說只是話題的延伸，無從知曉此事的丸則是皺起了他的濃眉。

運動社團的情報網很廣。

女生——特別是綾瀨同學這種美女，成為話題也不足為奇。我對這些沒什麼興趣所以先前都沒注意傳聞，不過我還記得，丸曾經抱怨過有關女生的傳聞聽太多，讓他覺得很煩。

「不過，綾瀨啊。嗯……為什麼偏偏問起她？」

「呃，這個嘛，一時興起？而且你想想看，她長得很漂亮嘛。」

「算了吧。」

「咦？」

「站在朋友的立場，我得說我不怎麼推薦。」

「慢著。這話是什麼意思？」

「對別人的戀愛多嘴或許不太識相……」

「我不記得有找你商量關於戀愛的事耶。」

我連忙制止不曉得為什麼會把這件事當成戀愛話題的丸。

「不是嗎？我還以為你喜歡上她了。」

「我和綾瀨同學不可能談什麼戀愛吧。更何況像我這樣的男人實在配不上那種美女。」

一頭漂亮金髮的正妹，以及今天早上自己在鏡子裡那副不起眼的尊容。試著在腦中把兩者擺在一起的我，空虛地嘆了口氣。

接著，丸用「你在說什麼啊？」的懷疑眼神看向我，緩緩搖頭。

「不，剛好相反。如果和綾瀨交往，會讓你的價值下跌。」

「……哈哈。不錯，挺好笑的。」

「這可不是笑話。」

「不然是什麼？相較於那樣的美女，你對我的評價也未免太高了。」

「美女是沒錯啦……不過嘛，綾瀨有些不太好的傳聞。」

他一副欲言又止的口氣。

「我不太想在背後說人家壞話，但是好友可能喜歡上她就另當別論。雖然俗話說無知是種幸福，不過隱瞞就是種罪過了。」

「能不能告訴我，傳聞說些什麼？」

儘管我喜歡上綾瀨同學是個誤會，不過要訂正就必須說明義妹的事。讓丸追問下去也很麻煩，因此我決定就這麼讓他繼續誤解。

丸環顧四周之後，輕輕把臉湊過來，一本正經地小聲說道：

「綾瀨她啊——好像有在『賣』。」

「……啊？」

「金髮、耳環，總是一臉不高興而讓人難以接近。以我們這所升學校來說，是個異端到了極點的不良辣妹，在班上似乎遭到大家排擠。還有人說，曾經看見她從澀谷鬧區之類的旅館街走出來。」

「喔？還有這種傳聞啊。」

我沒有否定也沒有肯定，隨口應付了一下。

確實，她的外表讓人產生這麼立體的想像也不奇怪。

儘管和綾瀨同學對話數次的印象讓我覺得她不是這種人，然而對她的了解也還不足以令我打從心底相信她。

「不過，丸你居然只聽目擊證詞就相信，這還真稀奇呢。你平常明明是會質疑傳聞的人。」

「棒球社有人向綾瀨告白過。」

「咦？大家不是都和她保持距離嗎？」

「儘管有不好的傳聞，但人長得漂亮這點還是很受歡迎。雖然我無法理解。」

「原來如此。」

「然後呢，當事人對他這麼說啦。」

「……說什麼？」

「她說『我啊，就是傳聞中那種壞女人。我沒打算和任何人交往』。」

丸稍微模仿女生的音調說道。

雖然是在開玩笑，但顯然丸對於綾瀨同學的觀感不怎麼好。

「有沒有可能只是那個社團成員誇大？」

「沒辦法百分之百肯定，但應該沒有。實際上，證詞不止一份。我也聽過不少其他社團的人說過這種事。」

「每一個人分別都是主觀，但是數量一多就成了客觀，是嗎？」

「就是這麼回事啦。」

這些說法不見得是真相，不過看樣子被告白的綾瀨同學就是這麼回應。

「嗯…………潘朵拉。」

感覺就像打開了她的盒子。

《男女的科學》裡也說，要先了解對方。因此為了評估適當的距離，我想多知道些關於綾瀨同學的情報，不過令人煩惱的部分好像反而變多了。

傳聞是真的嗎？

如果是真的，那麼亞季子小姐和老爸知道嗎？

假如不知道，該以家人的立場向他們報告這件事嗎？

……不，我不幹。

我沒興趣打些毫無根據的小報告。

說實在的，我不喜歡對別人的行為說三道四。就算真的去援助交際好了，只要當事者的需求和供給一致，我覺得大可隨人家高興。反正和自己無關，要做些什麼都是人家的自由。

儘管和綾瀨同學成了一家人讓事情變得有點複雜，然而就算傳聞是真的，我也沒打算責備她。

只不過，如果真的有理由讓她這麼做，會讓我覺得很可憐。

「所以呢，淺村。你的牌呢？」

「……什麼意思？」

「我已經亮牌了吧？你也該亮出來啦。為什麼突然問起綾瀨的事啊？」

「啊～嗯，這個嘛，就當成是你想的那樣吧。」

「啊？什麼啊，太隨便了吧。這不是反而讓人更在意了嗎？」

「不是不說而是不能說。拜託體諒一下。」

「喂，別以為引用受動漫宅歡迎的漫畫台詞就能敷衍過去喔……真是的，虧我好心給你情報，這朋友當得還真是不值啊。」

儘管滿口怨言，丸依然沒追究。

乾淨俐落不拖泥帶水，正是丸友和這個男人的優點。

丸轉向桌子，開始準備第一節課要用的東西。坐在他後面的我，朝窗戶的方向看去。

我心不在焉地看著窗上百無聊賴拄著臉的自己，想著關於綾瀨同學的傳聞。

幸好沒和她同班。

如果待在隨時都看得到她的環境，很難擺脫心裡的疙瘩。

儘管回家後還是逃不過這種情緒，不過就算是這樣，人還是會希望能拖多久就拖多久。

——這個我希望往後拖延的時刻，意外地很快就來了。

具體來說是兩小時之後。

命運無情。

每週一的第三節是體育。

再加上季節不巧。

這個時期，我們水星高中大概是因為班際球賽將近，為了安排練習賽，同學年的班級會兩兩一組上體育課。

正好就從今天開始。

「注意注意，我要上嘍～！祕打・大天空發球！喝啊————！」

校內網球場。

有點厚度的灰色雲層之下，某個天真爛漫的聲音像漫畫一樣喊出必殺技。

聲音主人是個穿體育服揮舞球拍的女學生。

染成紅色的明亮秀髮。嬌小的身軀。到處亂跑的模樣就像隻紅毛黃金鼠。

雖然是別班的，不過她的名字連我也知道。

奈良坂真綾。

相當有名的該班班長，說得好聽一點是有活力，說得難聽一點就是很吵。開朗到像是全身都淋滿了能量飲料，又是大阪大媽級的愛照顧人。再加上討人喜歡的可愛五官，彷彿全校都是她朋友一樣，可說是陽角中的陽角，現充裡的現充。

理所當然地，我們班同樣有奈良坂的朋友，常能看見她跑來閒聊，所以就連對校內傳聞不怎麼熟的我也認得她。

奈良坂真綾打出的球高高飛起，直入雲霄。對手也好、觀眾也罷，在場所有人都跟丟了球的蹤跡。每個人都屏息凝神，等待球像飛彈那般劃破雲層墜落的瞬間。

一秒——兩秒——三秒——

「等等，妳往哪邊打啊？不知道飛去哪裡了耶！」

看見這支漂亮過頭的場外全壘打，和奈良坂對練的女學生慘叫出聲。

「啊、哈、哈～抱歉抱歉！」

「真是的，為什麼要用那種亂七八糟的打法呀？」

「因為這樣比較帥！哼哼！」

「妳這傢伙耍什麼帥啊～我鑽鑽鑽！」

「不要啊～饒了我吧～」

對練的女生逮住露出淘氣笑容的奈良坂，把奈良坂的頭夾在腋下，用拳頭往她頭頂鑽。

可愛女生像這樣打打鬧鬧的畫面，令人賞心悅目。

實際上，我們班男生的目光，幾乎都被她們的互動吸走了。

不過，我例外。

我沒把心思放在美少女們的花園風景上，注意力集中在某一處。

球場角落不起眼的地方，某個背靠著鐵絲網的人物。

這人連球拍都沒拿，耳機線從夾克口袋延伸到耳裡，茫然地聽著某些東西。

是綾瀨同學。

打混得實在太光明正大。可能是因為看上去沒有半點做虧心事的感覺吧，她很自然地融入整個畫面之中，簡直就像這麼做理所當然一樣。

現場似乎沒人覺得不對勁。周圍的學生不用說，就連負責監視的體育老師，也沒有要指正她的樣子。

如果有一幅畫定名為「和班上同學格格不入的援交不良少女」，大概就會是這種畫面吧。

學生們一邊愉快地聊天一邊打球。在這股熱鬧的氣氛之中，我利用自己缺乏存在感這點，悄悄接近綾瀨同學。

我背靠著鐵絲網坐下，裝成在陰影處休息的樣子。

「打混？」

然後隨口這麼問道。

綾瀨同學疑惑地拿下耳機看過來，隨即瞪大了眼睛。

「嚇我一跳。為什麼要跑來找我說話啊？」

「看到熟面孔打混會在意很正常吧？」

「喔？要以哥哥的身分對妹妹說教？」

「不，我可沒這麼說，何況我也沒資格對人家說教。我只是在想『原來綾瀨同學也選網球啊』。」

「真綾推薦的，她要我也參加同一種比賽。當然理由不止這樣就是了。」

「妳說『真綾』，是指奈良坂對吧。妳們交情很好？」

我看向球場。

一邊愉快地和其他女生聊天一邊追球的紅髮女孩。相當顯眼。

「很好啊。應該說，我想很難找到女生和真綾關係差的。」

「貨真價實的一百個朋友嗎？真厲害啊。」

每班二十個女生。一個學年八班，所以差不多一百六十人。很誇張的數字。

「如果要說真的能敞開心胸的朋友，真綾或許也沒那麼多。正因為不是朋友也能處得好，才叫做陽角——差不多是這種印象。」

「啊～感覺很像。」

這說法意外地能讓人接受。

「淺村同學，你為什麼會選網球？」

「呃……非說不可嗎？不是什麼值得嘉許的理由。」

「沒問題。我的另外一個理由也很丟臉。」

什麼沒問題啊？這可不是大家都打出丟臉就能互相抵銷的卡片遊戲喔。

綾瀨同學儘管面無表情，卻以眼神不停催促。於是我乖乖認栽，老實說出選網球的動機。

「因為正式比賽沒有團體賽。」

丸參加的壘球，還有籃球、足球等，都是徹頭徹尾的團隊競賽。

只有網球既沒有隊制賽也沒有雙打，純粹只有單打淘汰賽。如果運氣好一路勝出，就有可能在某一場對上同班同學。

「我實在不想參加團體賽嘛。所以選了網球。」

如果有人聽到這句話會吐槽「你在說什麼啊？」這人想必很幸福。

不習慣期待他人，也不習慣受到他人期待。光是想到自己的失誤或許會替團隊帶來困擾就覺得煩。

如果活著不需要為這種麻煩的思緒煩心，人生差不多已經贏了八成。

「喔？我們還真合拍呢。」

所以，會對我這句話產生共鳴，也就等於說自己是活在陰暗處的人。

「綾瀨同學也是？」

「嗯，差不多，雖然最直接的理由是因為真綾提議。反正我本來就不想參加團隊比賽嘛。淺村同學你應該也多少看得出來，我選擇和其他人保持距離。」

綾瀨同學淡淡說道。內容明明很哀傷，話音裡卻沒有半點寂寥。

沒有任何學生責備顯然在用手機聽音樂打混的她，彷彿只有她周圍的空間被切下來扔進平行世界裡一樣。

她是不是半透明的啊？如此懷疑的我仔細打量她，然而她輪廓清晰，身上還散發出化妝品的氣味。這股令人屏息的存在感，令我發現自己的臉有點燙，於是倉促地別開目光。

「該不會，妳在教室裡不太和同學說話？」

「意外嗎？」

「嗯。時髦的女生，感覺會成為班上的中心。」

「一般來說是這樣呢。」

這句話，包含了「雖然我不是」的意思。

大概真的有些不太好的傳聞吧，雖然傳聞內容是真是假又另當別論。校內多數人相信這些關於綾瀨同學的傳聞。

「不過，現在的立場倒不壞……畢竟我打從心底認為班際球賽根本無所謂，感覺只是浪費時間。如果沒人管我，就能把這些時間用在自己身上。」

「聽音樂的時間？」

「咦……啊～嗯，是啊。」

綾瀨同學欲言又止，稍微別開了目光。

她有所隱瞞。儘管從反應看來明顯是這樣，然而毫不客氣地插嘴人家的私事很失禮，所以我沒多問。

如果能說，等到當事人想講的時候她自己會講。在錯誤的時間點追究只是多管閒事，也是我最討厭的行為。

「這次一定要得分！必殺！超天空發球！」

「招式名和剛才不一樣，笑死人啦！」

奈良坂和她朋友的嚷嚷聲再度傳來。她們的聲音還真大。

我突然閃過某個念頭，於是看向綾瀨同學。

「你不和奈良坂練習嗎？一般來說，推薦妳網球應該是想和妳一起打才對。」

「不會喔。」

「居然答得這麼快。」

「因為我不想。真綾推薦時也把我會打混考慮進去了……不過嘛，這種靈活的思維大概也是她受歡迎的訣竅之一吧。」

綾瀨同學說出這幾句話時，能感覺到平常她的語氣比平常稍微柔和了點。

外表。打混行為。本人的言論。

儘管這些都在說那些傳聞為真，但是她內在散發的氣息，卻能將這些外在情報全數抵銷。

綾瀨沙季這個人的本質，究竟在何處？

我對她所知太少，還無法得到解答。

放學後回到家，正巧碰上亞季子小姐要出門。

「唉呀，悠太。」

「啊……我回來了。」

「你回來啦～晚飯我已經做好放著嘍～」
「謝謝……不過，這樣好嗎？妳正要出門上班對吧？」
「是啊。明明才剛搬家，老闆實在太急了啦～」
沒有血緣的母親單手托腮，語氣悠哉。
看似昂貴的服裝優雅地露出肩膀，香水味濃得令人發暈。這身充滿成熟吸引力的穿著打扮，宛如一隻散播誘惑鱗粉的蝴蝶。
就算告訴我她即將飛向夜晚的城市，我也能自然地接受事實。
「老爸平常很忙，晚上我經常自己隨便吃一吃。如果做飯很費工夫，不用勉強也沒關係喔。」
「只有我和沙季兩個人的時候，也幾乎都是這樣呢～不過才剛開始同住，這樣實在不太好啊～」
「勉強自己而累倒的話更麻煩。拜託，千萬別逞強喔。」
「嗯。可能從明天起就恭敬不如從命嘍……反正沙季也會做飯，排班輪流或許也不錯呢～」
若無其事的一句話，令我的耳朵動了一下。

6月8日（星期一）

我腦中浮現綾瀨同學下廚的模樣，感覺實在不怎麼搭調。

而且，一想起那個金髮戴耳環的高中女生，就讓我一併想到那些有關她的不良傳聞。

可能是因為這些聯想吧，我自然而然地把內心萌生的疑問說出口。

「順帶一問，妳的職場在哪裡啊？」

「澀谷的鬧區喔～」

「……是怎樣的店？」

「啊，你想歪了對吧？真是的～」

聽到我的試探，亞季子小姐孩子氣地嘟起嘴回應。

被她說中了。儘管我沒打算表現出來，但似乎瞞不過成年人的洞察力。

「普通的酒吧啦。沒有提供什麼可疑的服務，真要說起來我和客人之間還隔著吧台。」

「原來不是接待客人嗎？」

「某方面來說，接待客人也包含在內就是了。我是**調酒師**喔～」

亞季子小姐擺出搖晃雪克杯的架勢。她流暢而熟練的動作，即使是外行人也看得出很完美。

看來不是騙人。

「抱歉誤會了。我還以為……」

「聽到是夜間營業的店，會誤以為是那方面的接客也難免嘍～我們被人家用這種刻板印象看待是理所當然的，何況悠太你還是學生嘛。假如你很熟悉夜晚的城市裡有些怎樣的店才叫問題，不是嗎？」

「這麼說也是呢。」

仔細想想，那個老爸也不可能去搭訕陪酒女郎。

土氣、平凡、樸素而實在。

不是那種會在燦爛夜世界裡奢侈的人。

懂事至今十多年來，我一直看著他的背影，應該不會有錯。

「唉呀，差不多得走了。悠太，沙季就拜託你嘍。」

「啊，好。路上小心。」

亞季子小姐向我揮手說再見之後，慌慌張張地衝向電梯。

宛如飛向夜晚城市的蝴蝶？

6月8日（星期一）

ＮＯ。比較接近公園草皮上靜不下來的吉娃娃。
外表與職業帶來的刻板印象有多麼失準，從這裡就能看得一清二楚。
目送亞季子小姐的身影消失在電梯裡後，我打開家門……

家裡。自己的房間。
本來該是個放鬆身心的地方，現在卻令人坐立難安，大概是因為隔了一道門就成了別人的領域吧。
走廊、起居室、盥洗室，已經不再是只屬於我和老爸的空間。
會在意這點，似乎已經算是冒犯了。我把注意力轉向桌上攤開的參考書，盯著它看。
我念了一會兒書。回過神時，已經過了一小時以上。
聚精會神的我，被家門開啟的聲音拉回現實。
不久後腳步聲傳來，然後是某人走進隔壁房間的聲音。
「回來啦。」
招呼沒得到回應。大概是音量不夠，所以被牆壁遮住沒傳過去吧。

反正就算有回應，我也想不到什麼特別要聊的內容——我如此說服自己，將頭轉回去面對桌子，繼續念書。

隔著牆能聽到腳步聲、疑似把書包放在地板上的聲音、打開衣櫥要從收納櫃拿衣服出來的聲音……

唉呀不行。把注意力放在細碎的生活音上頭，未免太噁心了。

我用參考書的文字蓋掉腦內冒出的心之聲，等待綾瀨同學的氣息消失。

「淺村同學，我可以進去嗎？」

但是綾瀨同學別說沒消失，甚至敲了我房間的門，徵求我的許可。

「啊……可以啊。」

我立刻確認房間內的狀態，判斷沒問題之後才回答。

「打擾了～」

「咦？呃……什麼事？」

「啊，你在念書。真用功耶。明明還沒到要考試的時期。」

「唉，和大家差不多吧。」

我並非總是在念書。漫畫和電玩也是日常生活的一部分。

6月8日（星期一）

不過做這些事的時候，基本上我習慣癱在房間正中央，或是窩在床上。

以前之所以能這麼懶散，是因為不會被別人看見。一想到隔著薄薄的牆壁就是綾瀨同學，便讓我提不起勁。

「你是想要……考進一所好大學就讀？」

「我想應該沒什麼人想進爛大學喔。」

「打工和念書，你兩邊都有顧到呢。」

「這有什麼不可思議的嗎？」

兩件事又不衝突。

「打工就是把時間換成金錢對吧？念書也要花時間才有成果。所以，我覺得要兼顧兩者很難。」

「妳想得真複雜耶。這種事，我從來沒考慮過。」

「嗯……我說啊。」

她似乎覺得難以啟齒，別開了目光，手指也不安分地玩弄著髮梢。

不知是因為亮度還是別的理由，讓她的臉顯得微微泛紅。

從方才的短暫對話能充分了解到她深具知性，此刻又意外地看見那純真的表情變化，讓我懷疑她並非學校傳聞中那種賤賣自己的公車和不良少女。

停頓數秒之後，綾瀨同學以堅定的眼神看著我，大概是總算下定決心了。

「你知不知道什麼時間短又好賺的打工？」

「結果真的是啊？」

「咦？」

「啊，不，沒什麼……」

我忍不住吐槽了。

幸好說溜嘴的那句話還能敷衍過去。如果冒出「結果還是有在賣啊」這種話，那就等於直接出局，連辯解的餘地都沒有。

「因為我想要錢，卻不想花太多時間。如果有那種只要一兩個小時卻能賺進一萬圓以上的打工就好了。」

「一般的工作大概找不到吧。」

回答時，我裝出一副平靜的模樣。

我硬是讓自己面無表情，試圖保持冷靜。

「這樣啊。果然只能**賣**了嗎……」

拜託別三兩下就打穿護具。

雖說沒有血緣，但她終究還是妹妹。這個才剛和我成為一家人的女生，究竟要問些什麼？

「書上也寫著，如果想賺錢就該賣自己。」

那是什麼書啊？

拜託別把不正經的書放在高中生能讀的地方。不過，我打工的書店好像也會在漫畫試閱區放些內容過火的東西，所以我也沒辦法多說什麼。

「我說啊，綾瀨同學。講這種話或許有點冒犯……」

「沒關係，說吧。畢竟提問的是我。」

「我覺得妳還是多愛惜自己一點比較好。」

「會不會太誇張啦？也有和我們同世代的人這麼做呀。」

「這和其他人無關吧。重點在於是否愛惜自己。」

「我很愛惜自己喔。所以才想要賺很多錢。」

面對像個大叔般說教的我，綾瀨同學的眼神認真到令人驚訝。

援助交際。爸爸活（註：指年輕女性藉由提供陪吃飯、約會等交易，得到年長男性的經濟援助，形成狀似女兒對父親索討金錢的一種關係）。有祕密帳號的女生。

作風前衛的女生，為什麼都會輕易做出這種事？然而那雙彷彿有什麼東西在後面追趕的眼眸裡，有種足以將成見連根拔起的力量。

但就算她已經有所覺悟，不行的依舊不行。

陌生人也就罷了，既然成了我妹妹就萬萬不可。

剛剛在門口遇上亞季子小姐時，她那信任女兒的表情，也讓我產生了罪惡感。

「還有啊，同樣的話妳在亞季子小姐面前說得出口嗎？」

「……可以呀？我想她反倒會開心地說『沙季也長大了呢』。」

「真是不得了的教育方針呢。」

「淺村家不是嗎？你開始這麼做的時候，養父（爸爸）難道不高興嗎？」

「要是他會高興，問題就嚴重了吧？老爸的確很傻，但小孩做出這種事他還是會傷心……話說回來，為什麼前提是『我已經在做這種事』啊？」

「咦？你昨天不是就去了嗎……打工。」

「……打工？」

「嗯，打工。」

6月8日（星期一）

奇妙的沉默降臨。

話題究竟是從哪裡歪掉的？我默不作聲，回溯記憶試圖解開打錯的結。

綾瀨同學似乎總算發現我們兩個講的對不上，於是將她細長的眼睛瞇得更細，開口問道。

「你以為我在講什麼？」

「高收入的非法賣春一類。」

「……啊？」

這是我人生中所聽過數一數二冰冷的回應。

「啊～原來如此。以為我去『賣』啊。」

「真的很抱歉！請原諒我！」

之後為了修正彼此的認知差異，經過一番磨合，好不容易才搞清楚狀況。此時正巧肚子也餓了，於是我們移動到餐桌前。

將應該是亞季子小姐出門前準備的炒什錦蔬菜、味噌湯、炸物等家常菜重新加熱後裝盤，當成晚餐。

就在說完開動，各自喝了一口味噌湯時，綾瀨同學不滿地出聲。

誤會的內容太過失禮，毫無辯解餘地，我只能雙手合十，低頭求饒。

綾瀨同學大概也很無奈，深深地嘆了口氣。

「頭可以抬起來了啦。我也知道有這種謠言。畢竟這種外表，常會引來這類的誤解。不過嘛，也要怪我利用謠言讓麻煩的人遠離就是了。」

「綾瀨同學……」

聽起來不像是在逞強。

這種平淡的語氣，更讓人深切體會她所面對的偏見與謠言有多惡質。

然而，實在不可思議。

看樣子，她早已客觀地理解到，自己的穿著打扮可能引來不該有的誤解。既然明白這一點，為什麼還要選這種服裝呢？

大概是猜到我會有這種疑問吧，用筷子夾起炒什錦蔬菜的綾瀨同學停下了手，這麼說道。

「疑惑是理所當然的。你想問我為什麼明知會如此還要做這種打扮對吧。」

「嗯，這個嘛……多少有點在意。」

「武裝模式。」

「咦？」

「沒人會手無寸鐵上戰場吧？對我來說，這身打扮就等於處世的武裝。」

說著，綾瀨同學指指自己的耳邊。

指著閃閃發亮的時髦耳環。

以工具穿好耳洞後，嵌在洞裡的飾品。在同齡辣妹……不，在開始對化妝感興趣的同齡女生之中，也只有鼓起勇氣走出那一步的人，才能踏入這個領域。

在中學時期，會被同齡的人視為英雄，也會成為大人眼中的不良學生，是一種凸顯世代矛盾的通過儀式。

隨著年歲增長，自然而然地不再有人對此事指指點點。人們談論這種行為時，往往抱持某種神祕的的倫理觀。

看見以區區幾公釐金屬帶給少女複雜定義的那玩意兒，我當下說出口的是——

「防禦力會提升嗎？還是會變成一次打兩下？」

「噗……挺好笑的。」

有效。

雖然單純只是我的思考速度跟不上，所以從自己大腦最淺那層搬出電玩遊戲和電玩題材小說的詞彙罷了。

「唉，雖不中亦不遠矣吧。畢竟目的是要同時提升攻擊力和防禦力嘛。」

「還真危險呢。奇幻世界就算了，現實世界明明這麼和平。」

「在看不見的地方，還是有戰爭喔。」

綾瀨同學的語氣，就像一個邀人加入裏世界鬥爭的女主角。平凡的我就此被拉進一個在不為人知處以血洗血的異能戰鬥世界……當然不可能如此，國語能力還過得去的我，知道這只是種高深的修辭手法。

『給沙季&悠太。熱過之後一起吃喔。』

綾瀨同學瞄向寫著這句話的便條紙。拿掉炒什錦蔬菜的保鮮膜之後，它就留在餐桌角落。

「該不會，你今天有遇上媽媽？」

「嗯。從學校回來時，正巧碰到。」

「準備出門上班的媽媽很漂亮，對吧？」

「這個嘛，嗯，沒錯。」

我回得很含糊。一位已經成為自己母親的女性，我還真不曉得該怎麼在她的親生女兒面前稱讚她。

於是，綾瀨同學盯著我看。她壓低聲音，就像講鬼故事般以鄭重其事的口吻說——

「不過，她只有高中畢業。」

「喔？這樣啊。」

這句話普通得出乎意料，我不禁給了個平淡的回應。

綾瀨同學倒是一臉非常意外的表情。

「你沒聯想到什麼嗎？」

「……沒有耶。」

「學歷是高中畢業、美女、特種行業。湊齊這三個條件之後呢？」

「一位學歷是高中畢業的美女從事特種行業，就這樣。」

她在講什麼理所當然的話啊？

每項要素都有既定形象，但是就算疊在一起也不可能有什麼多餘的想法。

「喔？淺村同學對這種事沒有刻板印象啊。」

綾瀨同學嘀咕完這句話，把炒什錦蔬菜送入口中。

會覺得面無表情的她隱隱有點高興，大概是可悲處男的自作多情吧。偏偏我對女生心理的了解，還不到能夠確定沒這回事的地步。

「我認為，這種態度非常值得嘉許。」

「感謝妳對於處男的體諒。」

就算沒有類似讀心能力的技巧也無妨，只要老實地說出心聲就不難溝通。

綾瀨同學眼裡閃過一絲陰霾。我背脊一涼，擔心「處男」這個詞是不是太多餘了。

然而她沒有責備我發言輕率，反倒用更為鄭重的語氣開口。

「我知道那些有刻板印象的意見。高中畢業、美女、特種行業。換句話說就是腦袋不好，純粹拿長得漂亮當武器，在見不得光的世界掙錢——我已經見過人家這樣侮辱媽媽很多次了。」

「真是胡扯。」

確實，學歷和頭腦好壞應該有一定的關連性。

不過，這點並非評估個人資質的絕對標準。

即使宏觀來說正確，從微觀角度依舊能找到很多例外。「有這種看法的人很多」和「所以這個人就是如此」之間有很大的差異。

如果連這麼簡單的道理都不懂，我想只能說那些人智商太低。
……我向讀賣前輩借的書裡，就是這麼寫。書的影響力真是驚人。儘管只是區區高中生的我不敢自認人生閱歷豐富，卻還是反射性地引用了書中的價值觀。
不過聽到我這種現學現賣的回應之後，綾瀨同學的臉微泛紅潮，興奮地探出身子。
「沒錯吧，都是胡扯對吧。」
「唔、嗯。」
「而且，說這種話的人很奸詐，巧妙地布下了無路可退的邏輯陷阱。」
「舉個例子，像是怎樣的？」
「如果頭腦好但外表不佳，就說是噁心的書呆子；如果外表出眾但頭腦不好，就成了用肉體獲得地位的陪睡女子；如果拜託別人幫忙，就會說美女只需要寄生真輕鬆；如果一個人努力，就會說連個靠得住的男人都找不到真可悲。」
「啊……原來如此。的確有這種人呢。」
「男生裡想必也有吧。」
「有啊有啊。如果想在心上人面前表現自己，這種人就會說你噁心、性騷擾、罪犯；假如反過來說自己不需要戀愛，這種人又會笑你愛逞強、悶騷，說你是心靈扭曲的處男。」

「講得這麼具體，難道是你的親身經歷？」

「社群網路流傳的啦。可能是先看到這種經驗談的關係吧，我實在不想讓這種事發生在自己身上，太麻煩了。因此從一開始我就決定別和戀愛之類的東西扯上關係。」

「原來如此。這種想法，我倒是能理解呢～」

我這種可能被人家引用知名伊索寓言酸葡萄調侃的想法，綾瀨同學倒是乾脆地表示贊同。

或許是能產生共鳴吧，她的語氣和表情稍微放鬆了一點。

「所以說呢，我這副模樣就是種武裝嘍。」

話題拉回來了。

「穿著打扮做到完美，想辦法將自己提升到能讓第三者稱讚『美女』、『漂亮』的水準，並且當個無論學業或工作都完美的強者——外表就是第一步。我要讓那些用刻板印象看人的傢伙啞口無言。」

語氣一如往常地平淡。但是她的話音之中，帶有強烈的感情。

——和我正好相反。

6月8日（星期一）

我嫌那些加諸自己身上的責任太麻煩，因此選擇假裝沒看到、逃避它們，避免扯上關係。綾瀨同學則是堅強地對抗世間。

不過這種堅定過頭的態度，也有點危險。

「這樣沒問題嗎？感覺很累耶。」

「如果體力能換來另眼相看，我倒是求之不得。」

誰的另眼相看？

我腦中閃過這個疑問，不過追問下去感覺就太多管閒事了，因此我沒說出口。

會有難以想像是同齡的老成價值觀，或許是受到生父──亞季子小姐的前夫影響也說不定。

若真是這樣，就不能隨便多嘴。

如果有人問起我生母的事，我同樣不會高興，問太多恐怕就冒犯人家了吧。

我滿腦子都是這些念頭，一時之間想不到該怎麼回應，於是綾瀨同學打破沉默。

「淺村同學不也和我一樣嗎？」

「我啊，沒有妳那麼堅強。我根本不會想對抗社會的目光。」

「不過追根究柢，還是因為覺得他人的期待很煩，而且懶得期待別人吧？」

就是這樣。所以在家庭餐廳初次見面時，我們對彼此的立場有過一番爽快的磨合。

「他人的目光、他人的期待。要擺脫這些麻煩的東西，就需要能夠獨自生存的力量。」

「原來如此啊。我大概明白妳找高薪打工的理由了。」

「喔？直覺挺準的嘛。」

「都提示到這種地步了，再遲鈍也該懂啦。」

對於綾瀨同學的讚賞語氣，我垂下肩膀接著說道。

「為了自立，對吧？」

「正解……對不起。」

說著，綾瀨同學尷尬地低下頭。

我沒問她為何道歉。

至今應該不曾有過打工經驗的綾瀨同學，為什麼要在剛開始和我們淺村家共同生活的此時尋找高薪打工，理由不需要特地追問也一清二楚。

不依靠他人，不期待他人，堅強高潔地活下去。之所以會有這種孤高的決心，則是因為身邊出現了似乎能依靠的「他人」。

「老實說，沒有什麼簡單好賺的打工。書店的時薪也很難算得上高。」

「這樣啊……」

綾瀨同學遺憾地垂下頭。

「那麼，只能放棄了嗎……」

「妳不試著自己到處找找嗎？」

「如果要認真地從頭開始蒐集情報，可能會擠不出念書的時間。畢竟我以前都沒有打工，相關情報等於零。應該說，雖然花夠多時間應該能解決，但是投資報酬率很差。我的腦袋沒那麼好，成績和尋找高薪工作的情報，大概得犧牲其中一個。」

「原來如此。由具備打工經驗、比較常和人往來的我來蒐集情報，投資報酬率或許比較好。」

我的朋友也算不上多，但是從剛剛的對話聽來，綾瀨同學相當孤僻。

雖然和奈良坂好像是朋友，不過跟其他人似乎沒建立起什麼關係。

「說不定，我可以幫妳找找在短時間內賺錢的方法。」

「真的？」

「嗯。我在學校有個消息靈通的朋友。」

只不過，我的朋友也就那麼一個。

「打工地點的前輩也見多識廣，說不定會知道些什麼。正好明天有打工，我會試著問問人家。」

「謝謝。不過，受惠的都是我也不公平對吧。」

綾瀨同學端起湯碗就口，陷入思索。

「味噌湯。」

「咦？」

「我希望，妳每天都能煮味噌湯。」

此刻自然地同桌共餐，然而不久之前還是陌生人的同齡女生。眼前不像日常生活的情景，讓我自然而然地說出這句話。

碗還在嘴邊的綾瀨同學，當場愣住數秒。

「愛的告白？」

「不，不是這樣。」

這也難免。

如果只抽出台詞來看，完全就是求婚。

6月8日（星期一）

亞季子小姐說過，要每天做晚飯恐怕有困難。

如果排班輪流，那麼我也得下廚。和老爸兩個人生活時都是靠外送、微波食品或便利商店，然而現在可不能這樣。

不過我有打工，又要念書，也想看課外書籍和漫畫，雖說是輪流，但我有下廚的時間嗎？

上次喝到親手做的味噌湯是幾年以前啦？比即溶的味噌湯好喝耶。

以上這些今天在我腦中轉個不停的思緒交錯混雜，最後脫口而出的就是剛剛那句話。

「嗯，也好。反正我不討厭下廚。而且做飯我還算擅長，和蒐集情報不一樣，對我來說算不上什麼成本。」

她似乎接受了。

「我提供綾瀨同學有關賺錢方法的情報——」

「我替淺村同學做飯——」

即使知道這樣沒規矩，我們依舊指著彼此的臉，確認這筆交易成立。

6月9日（星期二）

早晨。今天同樣沒發生「被妹妹叫醒」這種戲劇性事件。

昨晚綾瀨同學大概也是在我之後才洗澡，等我睡著時才躺下，而且在我醒來之前就已經起床梳洗打扮了吧。

「不好啦，悠太！」

一踏上走道，我就撞見用刮鬍膏化妝的小丑。

更正，那是正在打理容貌的老爸。老爸瞪大了冒著血絲的眼睛，滿是泡沫的嘴巴開開闔闔，指著起居室。

「你在慌什麼啊？」

「事情發生在我開始刮鬍子的時候。」

「我想也是。」

「廚房傳出怪聲，於是我過去看看怎麼回事。」

「看了之後？」

你是在講命案的開場白嗎——我把這種吐槽藏在心裡，試著詢問。

老爸擺出獨裁者演講般的姿勢，激動地說道。

「沙、沙季她……在做早飯！」

「幹嘛講得像驚天動地的大事啊？」

「當然重大啊！沒想到我這輩子居然能吃到自己女兒做的早飯啊～」

鏡片後那雙眼睛泛著淚水，大為感動。高興是無妨，可是我希望他別把泡沫滴在走廊上。

「唉……好了啦，快點去洗把臉。」

「悠太好冷淡啊。要是你能像沙季那樣可愛就好了。」

「綾瀨同學……可愛？」

我腦中浮現那張淡漠的俏臉，有些疑惑。

她確實長得很可愛。要歸類為相當可愛的那一邊應該沒問題吧。

不過，和「可愛」這個詞搭不搭又另當別論了。

……我邊思考這些失禮的念頭邊把老爸推回盥洗室，然後走向起居室，隨即聞到一股胡椒的香氣。

「荷包蛋？」

「傳統的那種就是了。反正只是早餐，沒下什麼工夫就請你別抱怨啦。」

「抱怨是不會，不過可以提個意見嗎？」

「這種開場白，感覺後面會有很多怨言耶……算了，請說。」

「妳為什麼會做早飯啊？」

記得昨天她應該沒做才對。何況在我看來，早上可以用吐司之類的果腹，不需要勉強做飯也沒關係。

「還問為什麼，我們已經談好了吧？」

「昨天那件事？原來講好的不是晚飯啊？」

「是晚飯啊。我只是在想乾脆順便連早飯也做。互相幫助時多付出一點是我的原則。」

「原來如此……」

還是老樣子，正經到讓人覺得冷漠。

在制服外套了圍裙的綾瀨同學，甩動平底鍋。一大早就能享受到妹妹親手下廚做的早餐，此情此景可是令世間男性求之不得。然而這依舊和常見妄想裡的義妹形象大相徑庭。

只有綾瀨同學忙碌會讓我產生罪惡感，於是我思考有沒有什麼自己能做的，最後決定先把餐桌擦乾淨。

從廚房打量我這邊的綾瀨同學，看見晶亮的餐桌之後開口。

「……謝謝。」

笨拙地道謝之後，她端來三個盛了荷包蛋的盤子。這點體恤以家人而言雖是理所當然，綾瀨同學依舊正經八百地說出這句話，很符合她的風格。

繼荷包蛋之後端上桌的，則是白飯和味噌湯。全都是剛煮好、弄好的，熱氣隨著香氣飄散。

「什麼時候準備的？」

「昨晚睡前……唉呀，小意思。」

儘管一副不當一回事的平淡語氣，但是她若無其事做到的這些，卻是我多年來都嫌麻煩的作業，因此實在讓人抬不起頭。

我和綾瀨同學面對面而坐，雙手合十，齊聲說開動，此時打點完畢的老爸來了。

看見餐桌上極為平凡的早餐，他眼睛一亮。

「真感動……」

「啊哈哈。太誇張了啦，養父（爸爸）。」

綾瀨同學露出苦笑。之所以不像面對我的時候那麼冷淡，大概是考慮到不能對今後關照自己的大人失禮吧。

保持距離的方式也好、對話的內容也罷，與其說是妹妹，倒不如說更像個剛開始同居的妻子。

結果，老爸從頭到尾一直在說好吃，開心地將平凡無奇的荷包蛋扒進嘴裡後，嚷嚷著上班時間要到了的他，慌慌張張地衝出家門。

未免吃太快了吧？令人傻眼。不過，其實平常我吃飯也非常快，這回則是因為某個理由而慢了下來。

「很難吃嗎？」

我沒說什麼特別的理由，只是沉默地慢慢吃。綾瀨同學見狀，不安地看向我。

「倒也不是這樣啦。」

「不用顧慮我沒關係喔。如果不合你的胃口，我會改善。」

「不，我是說真的。」

看來她忠於基礎，沒有亂加料，都有好好按照教科書的指示。蛋黃和蛋白的形狀都很完整，成了漂亮的圓形，味道和口感也都和看上去的一模一樣。

沒有廚藝太爛屬性，這點也說明這個義妹和二次元世界的虛構妹妹不同，平淡而理性。

那為什麼會吃得慢呢？我吞吞吐吐地說出實在微不足道的理由。

「只不過，我吃荷包蛋通常是加醬油……所以不太習慣。」

真的，就只是這樣。

綾瀨同學做的荷包蛋用胡椒鹽調味，並未考慮再用其他調味料。當然我沒有對胡椒鹽過敏，這顆荷包蛋只要想吃還是吃得下去，只不過和倒了醬油後吸收水分的荷包蛋相比，我的舌頭和喉嚨還是無法習慣這種乾乾的感覺。

「荷包蛋加醬油……還有這種吃法啊……」

綾瀨同學茫然地說她完全沒想過。不過就我看來，只撒胡椒鹽才令人驚訝。

綾瀨同學的表情沒什麼變化，然而說話的語氣似乎有些許沮喪。

「抱歉。我沒考慮到淺村同學你的喜好，只用自己的常識去做。」

胡椒
醬油
!!

「不不不這不需要道歉。反倒是沒有先講清楚，卻因為吃得慢而讓妳介意的我該說對不起。」

「以後，我會盡量先問。」

「嗯。我也會主動分享情報。」

所以我們沒有繼續爭執下去。我們找出了彼此的妥協點。

我覺得，這樣也不錯。

在無關的第三者眼中，或許我們的對話非常事務性，缺乏溫暖。

然而這樣的互動令我感到非常安心。

早上這段時間過後，我和綾瀨同學再度錯開時間離家。這麼做在避免學校的人產生麻煩的誤會之外，也是為了別讓彼此過度接近。

雖說是家人，但終究還是同齡異性。在家讓對方費心已經很不好意思了，如果在外面也得注意這種微妙的距離感，老實說彼此都會很累。

珍惜屬於自己的時間——持續共享這樣的價值觀，對於我們今後的長期相處來說應該有所必要。

「虛擬貨幣和YouTuber，你覺得那個好？」

「總之都不要。」

在等待晨間班會的慵懶氣氛裡，我將這個疑問拋給走進教室的摯友，卻被當場否決。

「不愧是棒球社的正捕手，判斷真快。」

「就算不是我也會阻止吧。你突然問這什麼問題啊，淺村？」

「我在找花費時間不多又有效率的賺錢方法啦。」

我盡可能慎選用詞。

由於不能違背約定，所以我沒辦法把自己和綾瀨同學的對話告訴丸，只能說到這個程度。

不過理所當然地，這種說法人家不會接受。丸用懷疑的眼神看著我。

「淺村……你該不會碰上詐欺了吧？」

真要說起來應該是碰上沙季——雖然想到不錯的玩笑，但我沒說出口。我是個有常識的大人。

「沒有牽扯到犯罪啦。你想想看，這年頭進了再大的企業也難保安定，當公務員感覺也不輕鬆。我是在想，從現在開始存錢也不虧。」

「嗯，這倒是很正當的人生計畫呢。」

「總之我希望先別考慮援助交際。」

「你把這個列入選項反倒讓我驚訝……嗯……」

鏡片之後，丸眼中閃著疑惑的神色。

「昨天問起綾瀨同學，現在又開始找可疑的打工。你該不會……」

「呃，沒有喔？」

我趕緊否認。雖然人家什麼都還沒說就有所反應只會顯得更可疑，我卻不能不否認。

我吞下口水，等待下一句話。丸緊盯著我看，就像要試探一般，慎重卻犀利地開口。

「算了吧，你去賣身也不會有人要買啦。鏡子，照照鏡子。」

「……唉～」

我鬆了口氣。放下心頭大石的我，此刻甚至連發言內容裡自然夾雜的嘲弄都懶得反駁。

感謝你的遲鈍，丸。

「你剛剛在心裡嘲笑我對吧？」

「沒這回事啦。」

我自然而然地說了謊。不，倒也不能算是說謊。畢竟那不是嘲笑，只是感謝。

所謂的刻板印象還真恐怖。

我這位戴眼鏡的正捕手好友，是個觀察力、洞察力都很出色的秀才。就連這樣的他，也無法從「妹妹」這個詞聯想到綾瀨同學。

有援助交際嫌疑，而且看似不良少女的辣妹。和「妹妹」一詞給人的印象差距有多遠，光看剛剛這段對話就一清二楚。

丸就像個愛管閒事的太太一樣，豎起食指說教。

「總而言之，『想短時間內輕鬆賺錢就去當YouTuber或玩虛擬貨幣』，這種想法是在小看人家。」

「是、是嗎？」

「那當然啦。成功者都是全心全意地面對那些東西，花的時間根本不一樣。就和棒球一樣，碰運氣隨便出棒是打不中的啦。」

「啊～這麼一說確實沒錯。」

這種話由長期專心練棒球的丸來說，說服力截然不同。

不過丸說的這番話雖然有道理，裡頭卻有種難以言喻的矛盾感。

「可是啊，世上有人花上十年才賺得了錢，也有人一年就賺進莫大財富對吧。兩者得到不同結果的關鍵在哪裡？我實在不認為只在於認真面對的時間。」

「我也不是那些賺得多的人所以不懂，不過或許有某種訣竅之類的東西。」

「訣竅嗎……」

「該說是基本心態嗎？我父母都是歷史迷，可能因為從小都在聽些什麼戰國時代啦三國志啦的關係吧，我學了一堆戰術知識──」

「丸的確有些像諸葛孔明的地方呢。」

交流了一年以上，自然能看出對話的傾向。這個叫丸友和的男人，是相當不簡單的戰術家。

去年的班際球賽，他就不知從哪裡蒐集到了別班的情報，傳授給各項比賽的參賽人員。敝班幾乎在所有比賽都漂亮地拿下了好成績。

能夠在棒球社拿下正捕手的位置，搞不好也是多虧了這項資質。

「沒那麼了不起啦……不過嘛，或許戰爭的基本原則已經銘記在心了呢。」

「好比說怎樣的？」

「情報與知識才是最大的武器。」

「所謂『知彼知己百戰不殆』，是嗎？」

「就是這個。敵軍兵力、據點位置、保有武器數量、預定實行的作戰內容——之類的細節也包含在內。不過真要說起來，碰上能夠以無人機隔著長距離射擊的對手，沒有相關技術知識還在用石斧的傢伙，根本不可能贏啊。」

「原來如此。如果把這些應用在賺錢上面……缺少的是關於錢的知識？」

「是啊。社會結構、商業機制等，對這些東西了解與否，成功率應該天差地遠吧……雖然我也不確定。」

講得頭頭是道，最後卻隨便地下這種結論。

為陷入煩惱的友人提供建議的同時，對於知識模糊的部分也保留了餘地，這份拿捏算是他的誠意吧。

更何況，他這番話正當到令人想說「正是如此」。不愧是我可靠的好友。

我將從他得來的思考線索，牢牢寫在心頭的筆記本上。

6月9日（星期二）

放學後，我騎著自行車直奔打工的書店。

到澀谷站前書店逛的年輕人自然不用說，平日會光顧的上班族客人和特種行業人士也不少，再加上受到工作方式改革的影響，下午六七點這段時間成了尖峰時段。

然而一過了這段時間，店裡就會恢復平靜，當班的也減到剩四名晚班人員。到了八點其中兩人會休息，因此這一小時只有我和讀賣前輩。

我瞄了一眼在櫃台打呵欠的讀賣前輩，繼續整理賣場……不過只是表面如此。我在書櫃之間穿梭，尋找要找的書。

首先需要的，是有關於金錢的正確知識。

我隨便挑了些談經濟的書、談經營的書、看來能迅速學到資本主義結構的書。老實說每本書的標題和標語都差不多，實在搞不懂差異在哪裡，於是我看作者經歷和目錄內容選了感覺比較能相信的。

再來就是幾本有刊載高薪徵人情報的雜誌。雖然用手機搜尋應該也行，但我想避免踩到那些可疑的徵人啟事。

刊登在知名出版社的雜誌上也不見得就沒問題，頂多只是聊勝於無，不過總比毫無防備來得好吧。

……好。

總之把像樣的書大致蒐集完畢後，我便將它們拿回櫃台。

於是——

「喂，工作中不可以挑出自己要的書留下來吧？」

聽到這聲警告的同時，有人用手指戳了戳我的肩膀。

這人當然就是讀賣前輩。

「啊，抱歉。」

「開玩笑的～騙你的啦。根本沒人遵守這種規矩，沒事沒事。畢竟就連店長也常在工作時先把中意的書拿走嘛。只要不是作弊藏起那種容易賣完的熱門作，或者剛發售很多人搶的新書，嗯，以常識來看應該沒關係吧～」

讀賣前輩笑著拍拍我的肩膀。

與大和撫子型文學少女般的外表相反，這個人相當隨便。據說剛進大學時人家還把她捧得很高，結果在酒會上暴露本性之後被告白次數暴跌，她甚至抱怨過「別擅自期待人家清純啦～」這種話。

6月9日（星期二）

『黑髮和看似內向的臉都是天生的，這也沒辦法吧？』

一邊說一邊不高興地玩弄髮梢的她，長得很容易讓人留下印象。

既然個性那麼隨便就染頭髮化濃妝啦——對於周遭這種氣氛的不滿，我隱約能夠理解。

就某方面來說和她正好相反的綾瀨同學成了義妹，似乎讓我更能夠體會這種感覺。人類該了解刻板印象是錯的。

「所以呢，後輩。你要買什麼呀？」

「拜託別偷看。」

「這個反應……難道是色色的書嗎？」

「對於才剛開始和新妹妹一起生活的我來說，購買實體色情書刊的心理障礙太高啦……話說回來，我根本不能買十八禁的吧？」

「那就老實地讓我看吧……嘿！」

「啊。」

被她以迅雷不及掩耳的動作搶走了。

「唔嗯。嗯……嗯嗯？」

讀賣前輩一本一本地掃過那些書的封面，表情也跟著愈來愈微妙。

「我都不知道耶。你居然這麼想要錢，原來你是那種自認上進的青少年啊。」

「不，並非如此。」

我不想要這種不光彩的稱號，立刻否認。

話雖如此，不過說出「這是綾瀨同學的要求」又感覺像是違背約定，於是我解釋的時候把這部分略過了。

「我打算高中畢業就一個人住，自食其力。所以想趁現在存些資金。」

「如果是這樣，這裡的打工不就夠了嗎？」

這個意見實在太有道理了。

「呃～妳想想看，金額不太夠嘛。我是因為愛書才在這裡工作，薪水實在算不上高。」

「啊～這樣啊。」

「在這個年紀有了新妹妹，就不太方便一直待在老家啦。何況帶給人家負擔也讓人過意不去。」

「啊～這樣嗎？」

她以同樣的語氣和表情，給了完全相反的回應。

「有疑問嗎？」

「想自立的心情我懂，但是拿妹妹當理由就不太對了吧？」

她很正經地開導我。

就連只是代為說明綾瀨同學價值觀的我，也不由得吃了一驚。

「沒什麼對不對吧，這不是個人心情的問題嗎？」

「我說的不對，是這樣不合理的意思。」

「不行嗎？」

「倒也不是不行，但是很可惜。」

「咦？」

讀賣前輩說出的這個詞太意外，不禁讓我眨了眨眼。

「避免帶給人家負擔……假如這種想法不改，這類書看得再多都當不了能賺錢的人喔。」

「抱歉妳的邏輯跳了好幾個階段讓人完全聽不懂。能不能麻煩用常人也能理解的話語說明？」

「年紀相近的妹妹，這反倒是種資產吧？更何況，不依賴他人而活，這和綁住手腳一樣吧。」

這番話講得若無其事，卻意外地犀利。

雖然不想依賴我和老爸的是綾瀨同學，但是和她這種價值觀產生共鳴的我，同樣被讀賣前輩一席話深深刺入心頭。

「你覺得人為什麼需要錢？」

「這個嘛，當然是因為沒錢就活不下去呀。」

「真的是這樣嗎？」

「禪問答啊？算了，無妨。衣、食、住，不管滿足哪一項都需要錢吧？」

這就是資本主義。

「嗯嗯，原來如此。那麼說得極端一點，賺不了錢的嬰兒就活不下去嗎？」

「這就極端過頭了。」

「不過，實際上嬰兒不用賺錢也活得了對吧。」

「如果沒有雙親的保護就沒辦法啦。」

「對，是靠人家的幫助才活得下來……大人不也可以嗎？」

「這、這樣不好吧？」

如果每個人都開始求救，社會就要崩潰了。

正因為大人能夠保護小孩、好好賺錢自立，才能維持現今的社會。

「可是啊，想當嬰兒的大人增加了耶。」

「管中窺豹可讓人不敢苟同。」

確實，在網路社群上，到處都能看見將二次元角色當成媽媽，滿心希望回歸嬰兒時期的創作內容。

然而就算是這樣，也不代表所有大人都想回歸嬰兒時期……希望如此。嗯。

「當然不是說所有人嘍～這種內容會成為話題焦點，就代表有這種願望的人不少吧？」

「這……嗯，應該是。」

「明明大家一開始都是嬰兒，成為大人之後卻突然一句『不行』就撒手不管，這樣才較殘酷吧？」

「……的確。」

「這也算極端的論調就是了。如果吃穿住都有人安排、幫忙，就算沒錢不也活得下去嗎？」

「就類似形式與金錢不同的無條件基本收入，是嗎？」

「喔，很上進嘛，懂這麼多。」

「就說別這樣了啦。」

居然把我當成剛學會新詞就忍不住想拿來用的年輕人。

順帶一提，這個詞的概念，就相當於定期發定額金錢給全體國民——會記住這個詞不是因為別的，正是因為讀賣前輩推薦的書。

不管怎麼想，這種話都不該由她來說。

但是讀賣前輩笑著要我別拘泥細節，然後繼續說下去。

「我覺得啊，如果沒辦法自食其力，依靠別人就行啦。」

「就算成為重擔也一樣？」

「世上也有喜歡背負重擔的怪胎喔。」

「純論個人喜好的話或許是這樣沒錯。」

「所以後輩你不是那種人嘍？」

「……我不太清楚。」

6月9日（星期二）

至少，綾瀨同學應該不會喜歡那種成為負擔的男人——我對她的了解還不到能如此肯定的地步，所以不管怎麼說，我也只能回答「不太清楚」。

「不過嘛，金錢的本質就是這種東西啦。有的話很好，沒有也無妨，只要找到人幫忙就好。為了有難時能夠得到幫助，自己有餘力時也該幫助別人——在我看來啊，有這樣的心態，比讀那些自我感覺良好的書更能接近大富翁。」

「是這樣嗎？」

「就是這樣。世上的公司，能幹的部下幾乎都比老闆還要優秀喔。」

「這種誇張的論點，妳倒是講得很肯定呢。」

「這是真的呀。那些有錢老闆，意外地都很擅長求助喔，少年。」

「不懂裝懂可不怎麼體面喔。」

「你難道不覺得，年輕貌美的大學生至少會有一兩個有錢的『爸爸』嗎？」

「咦？」

我不禁愣住了。「爸爸」。這個淫靡又意味深長的詞語，在腦中扭曲變形。

這是指那個吧？近年流行的「爸爸活」？或者只是我的耳朵聽錯，其實是指一般血緣上的爸爸？如果是後者，「一兩個」這種形容就很怪，但如果像我家這樣雙親再婚，能夠算得上爸爸的人物有兩個也不足為奇。

如果是「爸爸活」的意思，那可就令人震驚了。

常和讀賣前輩排到同一班的我，並未將她當成戀愛對象看待，也很清楚她不是外表所見那種清純大姊姊。

不過就算是這樣，會感到震驚也是難免。聽到綾瀨同學有賣春嫌疑時也一樣，看來我對這方面的話題缺乏抵抗力。

或許這就是所謂處男的宿命吧。

如上所述，我聽到後煩惱了數秒鐘。接著讀賣前輩露出有如在說「得逞了」的淘氣笑容。

「騙你的～」

「妳這混蛋！」

我可實在沒辦法維持禮貌。

「大學的朋友裡有人這麼做，我是聽她說的。那些有錢人啊，好像大多都懂得怎麼依靠別人喔。順帶一提，那個朋友每週碰面時都會帶著新的名牌貨，所以可信度很高。」

「哇。」

這番話讓我有幸一窺大學生的黑暗。

幸好不是讀賣前輩的親身體驗。

「唉呀～總而言之，向這種書求助之前，先學著依靠家人怎麼樣？」

眨眨眼提供寶貴建議之後，她便開始替正巧來到櫃台的客人結帳。我從旁看著她用清純可人的文學少女笑容接待顧客，然後瞄了一下手邊那本書的自我感覺良好標題。

到頭來，這天打工結束之後，我連一本書都沒買就回家了。

「我回來了，綾瀨同學。」

「你回來啦，淺村同學。」

迎接我的，是和平常一樣語氣平淡面無表情的義妹，以及刺激鼻子的香料味。

一進起居室，就看見在廚房裡忙碌的綾瀨同學。不知是剛從學校回來還是一直沒換下制服，她在制服外圍了圍裙，用湯杓攪拌著大鍋裡的東西。

「打工辛苦了。要馬上吃飯嗎？」

「謝謝。我拿盤子出來。」

「啊，這點小事沒關係啦。何況你工作完應該很累了。」

綾瀨同學向從餐具櫃裡挑了幾個盤子的我說道。

這互動與其說是兄妹，不如說比較像新婚夫妻呢——我在內心苦笑。這種想法千萬不能說出口。

就像這樣分工合作（雖然我做的根本算不上什麼）後，我和綾瀨同學準備好晚飯，面對面坐下開始吃。

今天的主菜是咖哩。

放了很多切成適當大小的蔬菜，看起來很健康。

連沙拉都有，實在貼心到令人害怕。

一將蔬菜與香料結合得恰到好處的咖哩送入口中，我立刻瞪大了眼睛。

「好好吃……！」

「是嗎？那就好。」

讚美老實地脫口而出。

說真的，這道咖哩美味到不需要我特地思考該怎麼說好話。

單純照本宣科地使用市面上的咖哩塊，做不出這種東西。

如果沒用上多種辛香料，並且細心計算燉煮蔬菜的時間，口感不可能這麼令人滿意。白飯可能也是用特殊的煮法，爽口而不黏，讓人一口接一口。

綾瀨同學的反應雖然平淡，但應該沒感到不悅，嘴角似乎隱隱上揚的她，自己也吃了一口咖哩。

舌頭接觸辣味的瞬間，那微微扭曲的眉毛，可以感受到冷淡如人偶的她確實是個活生生的人。

「真沒想到會端出這麼正式的咖哩耶。」

「是嗎？在我看來，大概只有70分就是了。」

「還能更好啊？」

「因為沒時間預先幫肉調味，所以這部分稍微偷了點工。抱歉嘍。」

「預先調味。」

我重複了這個陌生的詞。

「咦，不會吧。這需要解釋？」

「我真的完全不懂料理……烤肉要翻面倒還曉得就是了。」

即使如此，在她眼中我的料理知識大概還是和異世界人差不多。

她一聲「也罷」，乾脆地開始解說。

「市面上的肉如果直接下鍋，若不是味道不怎麼樣，就是腥味太重。用鹽啦胡椒啦大蒜啦等許多東西先醃過，這樣才會入味、好吃。而且這樣不需要事後再撒一堆鹽，就結果來說也比較省。」

「喔喔……生活的智慧。」

「只是照搬網路知識而已。大部分都是從食譜網站上學的。」

她說，自己沒有接受過指導，都是自學。

能夠讓人感受到，「想要一個人過活」這種話不是說說而已。

我在開口的同時，也在思考該怎麼向她說明才好。

「關於能在短時間內賺錢的方法……」

「嗯，你幫忙調查了？」

「不過，老實說沒得到任何成果。明明妳都做了這麼好吃的飯，抱歉。」

「……這樣啊。唉，沒那麼簡單對吧。」

綾瀨同學雖然垂下肩膀，沮喪感卻比想像中來得淡薄。

在拜託我之前，她應該也自己蒐集過情報才對。安全又高薪的打工非常難找，這種事她大概一開始就知道了吧。

「不過有問到能賺大錢的人有什麼特徵。」

「喔？這倒是有點意思。」

「我聽到的時候，心裡也在想『原來如此』就是了。」

接下來，我把讀賣前輩講的現學現賣，把懂得依賴他人的重要性告訴綾瀨同學。

聽完之後，綾瀨同學眼裡出現好奇的神色。

「原來淺村同學有要好的女性啊。」

「咦，重點在這裡嗎？」

「啊，抱歉抱歉。只是有點意外，所以不小心脫口而出。」

「妳是不是瞧不起我啊？」

「對不起啦。」

聽到我對被當成純情處男表示不滿，綾瀨同學露出苦笑。

順帶一提，我的人生到目前為止，幾乎不曾和女性有過肉體上的接觸。綾瀨同學的猜測雖不中亦不遠。

「我還以為你討厭女生。」

「不，沒這回事。我反倒想問妳為什麼會這麼想。」

「因為你遭遇和我相似，我覺得說不定這點會一樣。」

咦，綾瀨同學討厭女生嗎？

——我沒打算說這種蠢話。

從遭遇相似這點可知，她多半是講「從小看著雙親不睦長大」這點。想必她對生父沒什麼好感，因此覺得我也會有同樣的想法。

對了一半。

實際上，我的確拿生母沒轍。

「不過，這應該算兩回事吧。對特定的某人沒轍，不代表會討厭所有女生。」

「這樣啊，真是了不起呢。」

綾瀨同學表示讚賞。

大概覺得這不是什麼需要繼續下去的話題吧，她以輕鬆的口吻說道：

「嗯～總而言之，加油喔。」

「……加油什麼？」

「對方是個身材好又容易相處的文學少女大姊姊對吧？」

「是這樣沒錯。」

「我覺得她和淺村同學很相配喔。」

「咦~」

聽到她語帶調侃地笑著這麼說，我不禁皺起眉頭。讀賣前輩確實是個好相處的巨乳美女，不過另一方面來說，她也是個不知道在想什麼的人，不能對她掉以輕心。基本上她都是以占據精神上的優勢（也就是玩弄別人）當溝通的起頭，還有餘力時也就罷了，疲倦時和她說話實在有點痛苦。

「為什麼一臉排斥啊？剛剛說的那些話，我也認為很有道理。我覺得她是個非常聰明、優秀的人。」

「唉，這我倒是不否認啦。」

我曖昧地迴避話題，不再多說。

「和她交往感覺會很累」這種真心話，在女生聽來應該差勁透頂。

「不過這就頭痛了呢。」

此時，綾瀨同學放下湯匙，輕聲嘀咕。

「她說的雖然沒錯，但我還是想要自立。」

「真急耶。我和老爸靠不住？」

「不是。淺村同學和養父（爸爸）都是好人，都很可靠。」

她後面接了句「可是」。

「——如果你們是壞人，我會覺得比較輕鬆。」

「這話是什麼……」

「抱歉。和你說這種事，也只會讓你尷尬吧……我吃飽了。」

發現自己說溜嘴的綾瀨同學回過神來，儘管盤子裡還剩下一點，她依舊慌慌張張地收拾起自己的餐具。

我原本想叫住逃進廚房的她，不過想了一下之後放棄了。

雖然當兄妹還沒幾天，但是就連缺乏女性經驗的我，也看得出現在的她不希望繼續對話。

今晚大概要帶著疙瘩入睡了。

有了心理準備之後，我嘆口氣，將剩餘的咖哩吞下肚。

非常好吃。但是這股辣味似乎還不足以掃除心頭的鬱悶。

「我睡得著嗎……」

6月9日（星期二）

——以結果來說，這天我毫無問題地入眠。

為什麼呢？因為就寢之前，綾瀨同學罕見地造訪，將某樣東西拿給人在床上的我。

「這是？」

「我的香氛蠟燭和安眠眼罩。剛剛我講了些意味深長的話，要是害你介意而睡不著，我會覺得很不好意思。」

太老實了。

即使冷淡、笨拙、缺乏表情，依舊能從這些行為看出她的體貼，為綾瀨沙季這個人的存在又增添了幾分現實感。

6月10日（星期三）

把一天之中發生的事像寫日記那樣擷取下來時，之所以幾乎不會特別描述早上通學路的風景，原因就在於會自動清除沒變化又無趣的日常畫面。

反過來說，如果有印象深刻的遭遇、應該大書特書的事件，使得這段時間值得提出來談，理所當然地就會這麼起頭。

——事情發生在早上的通學路途中。

今天就是這樣的日子。

我的通學方式大致上有兩種，徒步或自行車。

從家裡到水星高中，屬於「用走的不是不行，但是自行車比較快也比較輕鬆」的距離，而且我放學後還要直接去打工，所以通常是騎自行車。

不過也有例外，天氣不好時就會徒步。

颱風、下雪的日子不用說，下雨的日子也會，就算還沒下也可能因為天氣預報而乖乖走路。

以前，我曾經不把淋雨放在心上照樣騎自行車，落得重感冒的下場。同樣的錯誤我不會犯第二次。於是我下定決心，在下雨機率高的日子都會準備好折傘徒步上學。

今天早上的天氣預報降雨機率是百分之六十，覆上灰色雲層的沉悶天空之下，我以略快的步伐，走在平常輕鬆穿越的道路上。

我的視線突然停住了。

在路口等待紅綠燈的人群之中，有一頭鮮豔的金髮。

是綾瀨同學。我已經能從背影認出她了。

她戴著耳機，線延伸進制服內。可能是用口袋裡的手機播放音樂。

模樣和體育課時差不多，她喜歡聽音樂嗎？

辣妹這種生物是聽怎樣的音樂呢？完全屬於不同人種的我無從知曉。想來不會和只聽動畫歌曲和西洋歌曲的我有相同偏好。

我腦中閃過搭話的念頭，不過立刻就撤回了。

之所以特地錯開離家時間，就是為了別把兄妹關係帶到學校。

這項約定，是為了繼續過和雙親再婚前一樣的日常生活。

在可能被同校學生看見的通學路上搭話，無論怎麼想都屬於「不行」的範圍。

燈號轉綠。人們沒動。我也沒動。

只有綾瀨同學移動。

她居然動了。

「綾瀨同學——」

「咦？」

宛如順著音階往上衝一般逐漸增大的引擎與喇叭聲，將我腦中的約定沖得一乾二淨。

不能等、要是慢了一秒……就連這些思緒，也都是**行動之後才冒出來**。

「……」

我用力拉她的手臂，頂不住重心突然移動的她往後倒。

運動神經和肌肉只有平均水準的我，姿勢離準備萬全還遠得很，不可能撐著住相當於成年女性的體重。

我和綾瀨同學，一起跌坐在行人穿越道前的路上。

就在我們眼前，一台大型車闖了紅燈。

6月 10日（星期三）

九死一生。不開玩笑，差一秒就要出人命。

「…………」

「…………」

我和綾瀨同學無言地對看。

時間推著沉重的秒針往前進，我能感受到自己冷汗直冒、氣息紊亂。

在周遭行人擔心的目光之中，我站起身，握住綾瀨同學的手拉她起來。

「這邊。可以跟我來一下嗎？」

「咦……啊……嗯。」

我鑽過路人目光交織而成的網，將她帶進沒人看得見的暗巷。

接下來我要做的事，對綾瀨同學而言是種恥辱。我認為，這種事不該在公開場合、眾目睽睽之下做。

右、左。轉頭確認四下無人之後，我總算回頭面對綾瀨同學，開口說道。

「剛剛那樣，不對。」

語氣平靜，但是清清楚楚。

我不是她真正的哥哥，沒資格高高在上地說教。

所以就算義妹有可能是不良少女、有援助交際的傳聞，我也沒警告她。外人不管說什麼都是多管閒事。我絕對不要雞婆地插手，這樣太丟臉了。

綾瀨同學應該也不希望別人介入太深。

然而這件事我沒辦法坐視不管。

「有可能會送命的行為，我實在沒辦法不管。那樣不好。」

「……抱歉。」

我平靜地勸綾瀨同學，她尷尬地小聲回應。

看見她畏畏縮縮的態度，我突然驚覺。

「啊…………我才要道歉，居然擺出一副高高在上的模樣。」

「沒、沒關係。這件事，是我不好。」

「為什麼要踏上馬路？那輛車隨著很大的聲響逼近，就是因為大家都有看到，所以變成綠燈也沒人走。」

「我的注意力都放在聽……抱歉我太大意了。」

「音樂？這麼說來，之前上課時妳好像也在聽。聽喜歡的音樂是無妨，不過在馬路上是不是自制一下比較好？」

到頭來，我還是搞得像在說教一樣。不過嘛，畢竟她差點沒命，這點程度應該沒關係吧。

「呃，其實不是音樂……啊。」

突然，綾瀨同學似乎發現什麼地方不對勁，把手放到耳邊。那隻手撲了個空。

注意到該在那裡的東西不見之後，她連忙翻找全身。

我也是到現在才發現。

耳機只戴了一邊。另外一邊已經脫落，耳機線垂向地面。

於是，從綾瀨同學的口袋裡，傳出音樂——更正，傳出外國女性慢條斯理地說著英語或某種其他語言的聲音。

「英語會話？」

「……聽、聽這個也無所謂吧！」

她壓住制服口袋，沒好氣地瞪著我。

不知為何她臉紅了。

「雖然這話好像不該在這時候說……該不會，妳覺得不好意思？」

「…………」

她的肩膀抖了一下，表情從臉上消失。

走出暗巷回到原先的行人穿越道之後，這回她先慎重地左右張望，確定沒有來車才過馬路。

儘管裝出平靜的樣子，耳朵卻還是紅的。

「妳想學英語嗎？」

「……為什麼要追過來？」

「因為我也是同方向啊。」

即使沒有別的意圖，跟在她後面也是必然。

話雖如此，但我的確別有意圖。

可能是因為差點喪命而心跳加速，導致失去了平常的冷靜判斷力吧，我難以控制對於綾瀨同學的在意。

說不定這算是某種吊橋效應，不過此刻我實在沒辦法克制自己的好奇心。

綾瀨同學似乎也沒有特別排斥，只是嘀咕了聲「嗯？也罷」，就這樣維持一定的速度向前走。

「只是用功的一環啦。」

「咦，什麼？」
「你問的吧？就是我剛剛聽的英語會話教材。」
她瞪了我一眼。
我原本以為綾瀨同學會無視剛剛的話題，看樣子她似乎也願意坦白。
「準備考試？」
「一來是，二來也算是考慮到以後吧。」
「原來連就業也納入考量啊？」
「畢竟已經不是只能留在國內的時代啦。」
這種話由我來說會被讀賣前輩調侃，由綾瀨同學來說倒是意外地適合。
「既然如此，那就沒必要覺得丟臉啦。」
「裝得像天鵝一樣卻被人看見水面下猛划的腳呀，會不好意思是當然的吧。」
「啊……這也是武裝？」
「嗯，武裝。」
她之前說過，是為了當個能夠自立的堅強女性才裝出一副金髮辣妹的模樣。
體育課時聽的，大概也是有聲教材吧。雖然打混這點有待商榷，不過一來體育評價和考試分數毫無關係，二來班際球賽練習除了創造快樂的回憶之外恐怕也沒有其他意義。

如果綾瀨同學認為這樣是浪費時間，所以拿來用有聲教材進修，也符合她之前那番「要成為學業、工作等各方面都完美的強人」的發言。

感覺對於她愈是了解，就有愈多塊放錯的拼圖回到正確位置。

離開大路，背後的高樓群遠去，熟悉的校舍遠景出現在眼前。

路人也不再是男女老幼混合，逐漸統一為制服相同、年齡相近的身形。這是上學的尖峰時段。

雖然沒有熟面孔，但大概是綾瀨同學與升學校不相稱的裝扮引人注目，有不少人往這邊偷瞄。

「別告訴任何人喔……那就這樣。」

綾瀨同學說完，加快了腳步。

可能是受夠了好奇的目光。如果最大限度相信她的溫柔，也可能是不想替我添麻煩。

算了，無論是哪個都一樣。接下來就按照約定，在校維持陌生人的距離。

「嗯，了解。」

我這麼回答綾瀨同學的背影。

我並不期待得到回應。

當然，是好的意義。

儘管一早就體會到和一天結束沒兩樣的疲憊感，不過很遺憾，這並非故事而是現實。沒有「今天應該觸發夠多事件了，於是按照作者意志快轉到隔天」這種令人欣慰的設計。

密集的一日不會就此間斷，更何況無論我和綾瀨同學的心情如何，我們再度接近的時刻依舊很快就到來。

體育課。

今天是第一節。今天也是班際球賽的練習。今天也和上次一樣在網球場。

不過有一點和上次不一樣。

「喝啊————！」

「真綾，妳打太高了。」

隔壁球場傳來奈良坂的嚷嚷，以及女學生的冷靜吐槽。

差別就在於，不知名的某人，換成了熟悉的義妹。

上一次背靠鐵絲網聽音樂——其實是有聲教材——的綾瀨同學，這回換成和朋友對練了。

是因為早上邊聽邊走差點沒命嗎？雖然不曉得是怎樣的心境變化，不過換上體育服的她，活力十足地在場內奔跑，展現華麗的技巧。

「——喂……………村。」

橡皮筋束起的長髮，就像純種馬的尾巴一樣，配合她的動作搖擺。

露出的手臂、大腿、從上緊實到下的肉體跳了起來，以俐落動作揮出的球拍，精確而犀利地回擊。

「……喂……不要分……村。」

完美到外行人看不出和頂尖職業選手有何差異的動作，吸引了許多人的目光。雖然注意力完全被吸走的我沒資格說這種話，但是上課不專心只顧著看女生的傢伙應該好好反省。總而言之，我也該反省。如果只是反省就可以獲准觀看，那麼我很樂意反省。她打球就是這麼有觀賞價值——

「喂，淺村！」

「咦……？哇！」

看見圓形影子隨著好友吼聲竄進視野的瞬間，我立刻把球拍擺到臉旁。球撞上球拍表面，球拍背面則順勢頂到了我的額頭。

相當痛。

「分什麼心啊？雖然比棒球來得輕，但是這玩意兒打到頭一樣很危險喔。」

跑來的男生——我的好友丸友和，撿起滾到腳邊的球，一臉無奈地用球拍拍了拍自己壯碩的肩膀。頗帥氣的動作。運動神經好的男生擺這種姿勢就顯得有模有樣，令人不爽。

至於參加壘球的丸為什麼會在網球場，則是因為參加壘球和參加足球的人講好輪流使用練習場地，因此每兩次會有一次改為參加其他項目。

練習場地受限的項目才有這種煩惱。不過也正因為容易練習不足，才會允許棒球社的丸這種現役社團成員參加。

「抱歉抱歉，一時出神。」

「看女生看呆了是吧。」

「你以前有沒有因為猜太準被人家討厭過？」

「應該有吧，不過我本來就這樣。會因此討厭我的傢伙，我才懶得管。」

不愧是正捕手。強者風範。

丸瞄向一團和氣打球的女生們。

「綾瀨嗎？我應該和你說過最好別挑她……」

「不是啦。」

我看的確實是綾瀨同學，但就算沒血緣，妹妹終究是妹妹。我沒有將她當成什麼戀愛對象看待——我是這個意思，不過丸似乎想到別的地方去了。

「那麼，就是奈良坂嘍？這個選擇倒是不壞。」

「不，真要說起來，我根本不是在講這個啦。」

「別在意，淺村少年。我很推薦奈良坂喔。很有活力、開朗、善於交際、成績優秀，模擬考又是早稻田A判定。人品也受到好評喔。」

「你也太清楚了吧。」

「基於和綾瀨相反的理由，會有大量與她相關的情報流過來。唯一比較麻煩的地方，大概就是看上她的男生太多所以競爭激烈吧。」

提到奈良坂時，丸講話似乎特別快，是我的錯覺嗎？

即使盯著鏡片後方那對悶騷的眼睛，也讀不出他的真心話。儘管腦裡瞬間閃過「他該不會喜歡奈良坂？」的念頭，但是我無法想像這位好友迷上女孩子的模樣，所以暫且不去管這件事。

「我完全沒用那種眼光去看人家，就算真的有這個意思，我也不覺得自己能夠勝出。」

「哈哈哈，或許是吧。」

「身為朋友不是該安慰兩句嗎？」

「畢竟奈良坂是很會照顧人的類型嘛。就像那樣，會找在班上沒什麼朋友的綾瀨一組。」

「她看起來比較喜歡認真可靠的人耶。」

「正好相反。那種人啊，容易被需要照顧的廢人吸引。」

「如果是這樣，我反倒有點希望耶。」

「……你是認真的嗎？」

丸用懷疑的眼神看著我。我只是老實地把浮現心頭的話說出口而已，完全不懂他為什麼會露出這種表情。

「淺村。你可不是自己想像中那種沒用的人喔。」

「意思是比我自己所想的還要沒用？」

「自卑過度了吧……」

看見我半開玩笑地露出苦笑，丸重重嘆口氣。

接著，他再度像個愛管閒事的太太般嘮叨起來。

「你在同齡的人裡算得上特別聰明喔。天生頭腦好嘛。」

「唔，嗯。聽到這麼直接的讚美感覺很噁心耶。」

「放心吧。現在是講奈良坂不會喜歡上你的理由，真要說起來算是貶低你。」

「讚美也好貶低也罷，你能不能試試說話委婉一點？」

雖說講話毫不客氣是丸的特徵，但我還是希望他能稍微手下留情。

可是追根究柢，無論有沒有機會和奈良坂交往，對我來說都不重要。

「…………嗯。」

我們就這樣看著女生那邊竊竊私語，可能是注意到我們的目光了吧，綾瀨同學突然望向我們這邊。有一瞬間我們對上了眼，不過她很快就挪開視線。聰明。如果長時間互望，可能會讓其他學生懷疑我們的關係，這麼做才是正解。

不過這短短的一剎那，依舊有人眼尖地注意到。

奈良坂——奈良坂真綾。

我似乎能明白為什麼說她很會照顧人，這點大概也和她觀察力敏銳有關。明明應該只有掠過視野的角落，卻能注意到綾瀨同學的行動，甚至疑似感受到我的目光而看過來。然後，她微微歪頭。這動作應該會讓人想到松鼠或土撥鼠吧。原來如此，確實很可愛。能夠理解同學們的評價。

呃，我要看到什麼時候啊？綾瀨同學特地顧慮到我而做出那種反應，這麼一來不就白費她的好意了嗎？

我連忙別開目光。

「你剛剛不是說沒用那種眼光看人家嗎？」

「真的不是那樣啦。」

「唔。這樣啊，這就代表淺村也是男人。」

「這說法不但很有問題，也會引發誤解耶。」

「高中男生常見的下流思想呢。」

「你的用詞已經嚇得我失了魂啦！」

「當然，我不認為你是那種會無意義暴露下流思想的傢伙。不過放心吧。你心裡怎麼想只有你管得著。它是自由的。」

這傢伙這是明知故犯吧。絕對是。

「唉。好啦好啦，感謝你的體諒。我很高興。」

我嘆了口氣，並且聳聳肩。

話雖如此。仔細一想，那兩個女生似乎已經注意到我的目光，好像已經算不上不經意了。

「看夠了嗎？」

「啊～嗯。練習吧。」

這節課剩下的時間，我好不容易才恢復注意力，努力練習。

女生們換衣服比較花時間，所以下課比較早，當我再次看向隔壁場地時，空曠的球場上，只剩下被遺忘的黃色網球孤伶伶地留在那裡。

鐘聲響起的同時，鉛色天空終於忍不住落下銀色水滴。掉落的雨滴打在乾燥的土色球場上，形成深褐色圖案。

「沒想到會下雨。喂，要跑嘍，淺村。」

已經準備起跑的丸對我說道。

「還『沒想到』呢。降雨機率有百分之六十喔。算不上沒想到吧。」

話是這麼說，但我也不想淋雨。和丸一起跑向校舍的我，這麼回應他。

「四成已經很高了吧。你以為這世界上有多少打擊率四成的打者啊！」

「不覺得這理論太牽強了嗎？」

還是說，在棒球社成員看來，放晴的機率已經綽綽有餘了？原來如此，即使數字相同，價值也會隨見者有所不同嗎？不，這種想法還是很怪。

「淺村，快點快點！雨要變大嘍！」

在大雨傾盆而落的前一刻，我們驚險地衝進校舍。

丸回頭瞪著天空。

「看樣子不會停啊。今天要在室內做重訓啦……」

他縮起壯碩的身子，打了個噴嚏。

操場的每個角落都染成了深褐色。大雨宛如霧氣一般讓景色變得朦朧。雨聲彷彿成了世界上唯一的聲音。

6月10日（星期三）

「畢竟已經六月了嘛。」

「就算是梅雨季，四成還是四成吧？真希望能打出安打啊。」

「別做無理的要求啦。」

低垂的雲層是深灰色，就像丸說的，短時間內大概不會停。

我再次慶幸有帶傘來，看樣子回程不會淋濕了。

此時此刻，我是這麼想的。

放學後。當然雨沒停。

和預期的一樣。雖然不值得高興。只有不希望命中的猜測不會落空。世上充滿莫非定律。

所幸，今天不用打工，不需要到澀谷站前。直接回家應該比較好吧。我在往樓梯口鞋櫃移動的途中思考這些時，看見一個眼熟的背影。

呆呆站著望向降雨天空的少女。

以灰色的昏暗天空為背景時，就連明亮的髮色也會蒙上一層陰霾。

綾瀨同學……應該是她吧。難道忘了帶傘？不會吧，機率百分之六十耶。難不成妳也是指望四成打擊率的那種人嗎？我正忍不住想吐槽時，卻想起一件事。她比我先離開家。我在看天氣預報時，她已經消失在家門的另一邊了。

我一邊眺望她的側臉，一邊思索。該怎麼辦？

先左右張望確認一下。ＯＫ，沒人在。看樣子大家都選擇早早回家。聰明。

我打開書包，拿出塞到最底下的折傘。二折傘只要收起來就能輕鬆塞進書包，不會造成負擔，所以，就只是帶或不帶的選擇而已。好像有人說過，人生就是一連串的選擇。

為了別嚇到她，我踩著略大的腳步聲靠近，在距離三步的位置停下。距離感，大概差不多就這樣。我沒有從背後拍肩的勇氣。應該說，又不是同性，隨便碰女孩子的身體不太好吧？要是人家慘叫，我平穩的學生生活就完蛋了。

我輕咳一聲之後，開了口。

「如果忘了帶傘，要不要進來？」

她的肩膀抖了一下。金髮隨著轉頭甩動。天花板上日光燈的光亮，讓耳環的銀色在揚起的髮絲縫隙之中閃了一下。

呆滯的目光轉了過來，逐漸聚焦在我的臉。表情回到綾瀨同學臉上，就像順利重新開機的作業系統一樣。

「咦?」

她瞪大了眼睛。這需要驚訝嗎?

「該不會,妳忘了我?」

「你在說什麼啊,淺村同學?」

「這是我的台詞吧。」

我有點不安了。

「所以,什麼事?居然還在學校就找我說話。」

「啊~呃,那個啊……」

沒有生氣。看得出來。這種反應,反倒該說是驚訝吧。幾天下來,我已經能從綾瀨同學的表情讀出部分情報。在學校裝成陌生人吧——我們有這樣的約定。不過即使如此,直接責難違背約定的人也很怪。畢竟我沒做什麼虧心事,而且說穿了我們真的是兄妹。

嗯,總之呢,她具備能夠做出理智判斷的理性與知性。就因為這樣,她才會問:

「所以,什麼事?」老實說,這點幫了大忙。如果她語氣多少有些冷淡,大概要怪早上那件事造成的尷尬吧。希望是這樣。

「傘，忘了帶？」

我又問一次。

「啊，嗯。這個嘛……是這樣沒錯。」

「四成啊。」

「咦？什麼意思？」

她歪著頭，瞄向我手邊的傘。

「我想說，反正都要回同一個家。」

言外之意是，如果會淋雨，就別客氣進來一起撐。她應該聽得懂。

綾瀨同學露出既疑惑又尷尬的表情。

「啊…………不用了。我在等朋友。她說要去社辦一趟。所以傘——」

「那麼——」

我下意識地加快了說話速度，不過有好好把話講完。

「拿去用吧。反正只要用跑的回去，就淋不到多少雨。」

在說出「所以說就算沒傘也沒關係」前，我已經把傘塞進綾瀨同學手裡，然後迅速換好鞋子衝進雨中。

我有點怕自己搞砸了。擔心自己是不是多管閒事。

她說了在等朋友。

或許她打算和朋友一起撐傘。不過，用「這樣就不會淋濕」當理由如何？畢竟女生的傘比較小嘛。

我腦中浮現把傘塞過去時綾瀨同學的呆滯表情。一副「沒想到你會這麼做」的驚訝模樣。光是看見那張臉，這次的多事或許就算得上有價值。

又看到綾瀨同學未曾展現過的一面了。

我們是否會透過這樣的再三修正、磨合，漸漸成為兄妹呢？我一邊跑，一邊這麼想。

打在身上的六月雨，很快就滲進了制服裡。與汗水有所不同的冰冷液體從背上滑落。鞋子裡積了水，每當腳踩到地上，就有種不舒服的感觸。

看見自家大樓在銀色帷幕彼方伸懶腰的景象時，我不知為何鬆了口氣。

我解開自動鎖，從管理員室前通過，搭乘方形電梯上到三樓。踩著濕答答的腳步聲走過幾道門之後，總算看見家門。

開門入內之後，我點亮燈光。

望見橙色的光線填滿屋子，我才終於輕聲嘀咕。

「我回來了……說說而已。」

沒有反應，回答我的只有沉默。還沒到老爸和亞季子小姐回家的時間，這也是理所當然的。我原本以為，自己早就已經習慣了。

我這才發現，得不到回應讓我感覺有點寂寞。

將書包扔到餐桌上的我，直奔浴室。

我轉開浴室的水龍頭，熱水流進浴缸。我就這麼丟著約十五分鐘。

這段時間，我將制服掛好，把濕衣服扔進洗衣機，倒好洗衣精和柔軟精後讓機器開始運作。啪沙的注水聲響起，一會兒後滾筒便開始轉動。

「唉呀，差點忘了。」

要是不準備好內褲，洗完澡之後就得裹著一條毛巾在屋裡晃來晃去了。之前能理所當然地這麼做，現在可不行。

如果是親兄妹就不會在意嗎？不不不，哪有這種事。

沒有吧？

熱水放到約半個浴缸時，我迫不及待地泡了進去。我就這樣呆呆等了數分鐘，讓熱水淹過身軀。等熱水達到肩膀的高度時，關掉水龍頭。

熱水帶來些許刺痛。六月的冰冷雨滴，似乎讓我全身上下都涼透了。

我疲憊地嘆了口氣。

然後用熱到有些暈的腦袋，思考綾瀨同學的委託。

尋找划算的高薪打工啊……既然她說會幫我做飯，基於互助原則，我必須幫她找到打工。

互相幫助時多付出一點——綾瀨同學這句話掠過我的腦海。正因為她這麼說，讓我更不能甘於她的好意。我也有同感啊，綾瀨同學。所以無論如何非找到不可。

「嗯…………」

我一邊思考，一邊下意識地拍打水面。

在這個時代，或許創業會比受雇來得好。之前挑的書，書腰上也寫著使喚人的一方賺得比被使喚的一方多。

既然如此，就是YouTuber和Uber Eats……！不，沒這回事，嗯。冷靜下來吧我。

真要說起來，跟我這個學生講什麼「創業」，我也毫無頭緒。對於「創立公司」這件事，我實在太過無知。

「對於社會結構、商業機制了解與否嗎……」

和丸說的一樣。我不了解的東西太多了。我突然覺得，要找到高薪打工根本不可能。

不過這麼一來，做飯的事就不能全拜託綾瀨同學。這樣不公平。必須輪班，我也該下廚。

我的廚藝可沒綾瀨同學那麼好。腦中隱隱浮現她在制服外面套上圍裙的模樣。看見那個畫面時，閃過我腦海的不是「可愛」，也不是什麼「萌」。綾瀨同學穿起圍裙……有模有樣。對，就是這個。

用髮繩將長髮束在腦後，眼睛往前看，純靠伸到背後的手打結。然後以手指輕輕一拉垂在肩上的髮繩。就只有這點動作，下一秒菜刀已經在砧板上起舞。

行雲流水般的動作，證明綾瀨同學已經重複過許多次。

實際上，應該真的是這樣吧。她把我靠便利商店和外送省下的時間，花在做飯上頭。而且，多半不是為了自己。

6月10日（星期三）

我家老爸不會做飯，所以我就算不下廚也不需要介意。

但是，亞季子小姐不一樣。只要看到亞季子小姐第一天準備的菜色，不難想像她會盡可能親手準備家人的三餐。這件事本身沒什麼好壞之分，不過是她的性格如此。就算亞季子小姐是不下廚的人，我大概也不會在意。

但是這種性格，就結果來說可以推測，要是亞季子小姐不在時綾瀨同學都靠外食，她八成會想盡辦法為綾瀨同學準備好三餐。

為了不讓忙碌的母親這麼做，母親外出時自己必須有本事下廚。所以綾瀨同學學會怎麼做飯。我想，這應該是正解。觀察與思考。這些累積下來，多少能想像出對方的狀況。當然，如果不覺得有需要就不會多想。

「武裝……嗎？」

當我逃避時，她一直在戰鬥。

「真希望能幫她找到高薪打工啊……」

雖然思緒轉回了這裡，卻不代表我想出什麼好主意。思考過度使得腦袋發燙，感覺有點暈。

我離開浴缸。用洗髮精清洗淋過雨貼在腦袋上的頭髮，順便也洗了身體，之後才離開浴室。洗衣機已經結束脫水進入烘乾模式。儘管有點吵，但也沒辦法。算了，反正還沒到需要在意的時間。

我換上事先準備好的棉質居家服。

煩惱暫且放在一邊。洗完澡還有些倦怠的身體，吹著空調漏到走廊上的涼風，感覺十分愜意。我愉悅地哼著歌踏入起居室之後，才終於想起自己回家以後根本沒開空調。

待在起居室的兩名少女回過頭來──那是綾瀨同學和……

奈良坂？

為什麼？

瞬間，我腦袋裡一片空白。接著才發現一件事。

我、我剛剛──

糟啦──！我居然忘記家裡有妹妹，哼起了歌──！

羞恥心大舉攻來，奮勇登陸。這場決戰我一敗塗地，熱度湧上臉頰。換句話說，我的臉已經紅得連自己都知道了。

而且，不止妹妹綾瀨同學，就連徹頭徹尾的外人奈良坂都看……應該說聽到了。糟糕。這能讓我死一百次。到底該怎麼辦？

我的身體彷彿從頭麻痺到腳，動彈不得。

另一方面，綾瀨同學也愣住了，小嘴開著闔不起來，嘴唇張成「啊」的形狀。

「抱歉。真綾說『我想去沙季的新家玩』。照理說我該先商量的，但是我不知道你的ＬＩＮＥ。」

所以沒辦法聯絡。大概是這樣吧。她靠過來輕聲說道。

呃，妳就算拜我也沒用啊……

綾瀨同學雙手合十，比出道歉的手勢。這倒是很罕見。或許是因為在感情好的友人面前，才會不小心做出這種動作。

奈良坂雖然也一臉驚訝，不過很快就恢復了平常的笑容。

「喔～！傳說中的哥哥！原來真的是隔壁班的淺村同學啊～！」

聲音裡充滿活力。

「喂喂，認得我嗎？沙季有沒有跟你提過我？」

「呃……這個嘛。」

該怎麼回答才好呢？

「她說，妳們感情不錯。」

總之我試著給了個比較安全的答案。

聽到我這句話時，奈良坂的眼神似乎變了一下。她好像小聲嘀咕「啊～感情不錯啊……」？因為只有嘴巴動，也可能是我眼花。她的表情離嚴肅好像還差一點……應該說尷尬？比較靠近我的綾瀨同學是背對奈良坂，大概沒看見吧。

不過，奈良坂那種表情只存在短短一瞬間，俗氣一點的說法是——很快就轉為花朵綻放般的開朗笑容。

「對啊～！感情很好喔！所以，淺村同學也多指教啦！大家好好相處吧～」

「這……也對。我才要請妳多指教。所以，妳們兩個都沒淋濕？」

窗外似乎還在下雨。雖然沒到狂風暴雨，但風勢也不算小，玻璃上奔走的水滴是斜向移動。

「沒問題～！我們兩個都有傘！」

「這樣啊。」

「沙季她啊，還說自己忘了帶呢。」

「放在書包底下。」

看來她這麼解釋了。幸好，那把折傘不至於一看就知道是男生用的。

「唉，妳這個小笨蛋！」

「被真綾這麼說，會讓人產生強烈的心因性頭暈耶。」

「又講些難懂的話！話說啊，這年頭還會用這種說法嗎？」

「嗯？很怪？」

「很怪！算了，也罷。」

奈良坂一屁股坐到沙發上。裙子隨著她誇張的動作飄起，不雅觀的舉止讓綾瀨同學嘆了口氣。

「真綾，內褲。」

「啊。」

奈良坂連忙起身壓住裙子，然後緊緊盯著我。沒看到啦。真要說起來我的角度也看不到。

「沙季，這個家，危險。」

「為什麼講話變成單詞啦？」

「有男人！」

「淺村同學看起來不像女人。」

「他是男人喔，男人！」

「所以怎麼樣？」

「事情嚴重了！洗完澡不能只穿一條內褲就走出來！」

「我本來就不會。話說，妳平常會這樣嗎？」

「不會。因為我是淑女。」

她不知為何一臉得意。

「不過，喔～原來沙季妳……」

「怎、怎麼了？」

「講話也會這麼不客氣啊。」

奈良坂揚起嘴角。

「！」

綾瀨同學連忙別過頭去，不過恐怕為時已晚。完全掉以輕心了呢。而且我們都看得出她臉紅了。

「嘿～喔～嗯～唉呀，爸爸很高興喔。」

「妳又不是我爸！」

6月10日（星期三）

綾瀨同學立刻吐槽，看來是忍不住了。原來如此，平常比較有禮貌啊。

「妳叫我的名字也花了不少時間呢～」

「是這樣嗎？」

「是呀～」

「我不記得。」

「我記得很清楚！」

「可以忘掉喔。」

「不要！」

這聲「不要」聽起來很開心。

然而，想來她並不是因為好友把禮貌丟一邊而開心。她大概認為，自己看見了綾瀨同學自然的一面吧。

世上有些人誤以為關係親近就能不在乎禮節，用失禮的稱呼方式強調彼此感情有多好。不過，失禮的稱呼就只是失禮的稱呼，除此之外什麼也不是。

綾瀨同學、淺村同學——我們兩個同意這樣稱呼彼此。這種多禮的稱呼方式，不會讓我們產生負面觀感。彼此直來直往是基於這個前提。

而且，奈良坂同學看起來也不是會有這種誤解的人。

不，不對。直到剛剛才和她講上幾句話的我，不可能知道真相如何。只不過，如果奈良坂同學是那種人，綾瀨同學大概不會找她來家裡。換句話說，我是從「綾瀨同學帶她進門」這個結果推測出來的。理解他人需要累積觀察與思考。

「話說回來啊！喂喂，沙季的葛格！」

「葛、葛格？」

奈良坂同學，妳剛剛不是還喊我「哥哥」、「淺村同學」嗎？聽到她突然用這種親暱的稱呼方式，讓我想撤回前言。

「葛格～你在害羞什麼啦！」

「呃，我又不是奈良坂同學的哥哥……」

「真是的，大家又不是外人。叫我『真綾』就好啦。」

「我可不幹！話說，我和奈良坂同學的確沒什麼關係吧？」

「不可以拘泥小事喔，葛格！聽到人家這麼喊很高興吧，葛格！」

「沒這回事。」

或許有人癖性如此，但我沒什麼特別的感覺。雖然被奈良坂同學略帶撒嬌語氣連喊

「葛格」，會令人聯想到黏上來的小動物。

或者該說，奈良坂同學的臉皮意外地厚。真看不出來她會糾纏朋友的哥哥到這種地步。

「……住手……」

細微的聲音傳來。

綾瀨低著頭，一副在忍耐什麼似的模樣，輕聲咕噥。

「嗯嗯？怎麼啦，沙季。」

「……丟臉……」

「聽不到喔～」

「好丟臉，拜託妳住手！聽到妳的『葛格』，我都要起雞皮疙瘩了！拜託妳別再這樣！」

「唉呀～這邊先撐不住啦。」

啊，原來是這麼回事。

「換句話說，妳是想藉著拿我開玩笑和綾瀨同學一起嗨對吧？」

「啊、啊哈哈哈哈——正解！」

「還正解咧。」

拜託別擺出一臉正經的表情指著我。應該說，不可以隨便用手指指別人。

「嗯，拿沙季的葛格玩就暫且到這裡吧。」

「拜託妳把這招永遠封印起來。」

「那就太浪費了。沙季，妳也一起喊『葛格』嘛。好啦，一起來，一、二！」

「我絕對不幹！」

「『突然有了個兄弟』，這可是人生中難得碰到的有趣事件耶？好好利用比較有趣嘛～」

「真綾妳啊，不要講得像是玩人生遊戲抽事件卡一樣……妳在做什麼啊？」

奈良坂同學打開她放在桌下的運動背包，要拿東西出來。

「這個這個。我們來玩這個吧！」

「遊戲機？」

「奈良坂同學，學校對於電玩遊戲的規定……」

「沒有禁止攜帶喔。只說不能在學校玩而已。」

這不是一樣嗎？我心想。

6月10日（星期三）

一問之下才曉得，似乎只要別在上課時間玩，帶到學校倒是無妨。她甚至還問過學校老師，行動力令人瞠目結舌。不過，我們都立水星高中，居然比想像中還要自由。

奈良坂同學拿出了街頭巷尾正流行的最新型遊戲機。

「沙季，妳說過妳沒有對吧？」

「沒有耶。」

「所以我才想一起玩嘛。可以把它接上電視嗎？」

她指著沙發對面那台五十吋的液晶電視說道。

「……這倒是沒關係。」

「人家想一起玩嘛。啊，順帶一問，這邊網路通嗎？」

綾瀨同學以眼神詢問我。她是要問能不能把Ｗｉ-Ｆｉ密碼告訴奈良坂同學。

她剛來時，我就把密碼告訴她了。在現代，要拿家門鑰匙給別人時，大概都會同時舉行這種儀式吧。我微微點頭，示意沒問題。

綾瀨同學遞出寫著密碼的紙條後，奈良坂同學迅速安裝完畢，走回沙發這邊對我說道。

「淺村同學要不要一起玩？」

說著，她拿出手把。不是兩支，她準備了三支。該不會，一支是我的份？我想起奈良坂同學的風評，丸說她很會照顧別人。或許她從一開始就打算把我拖下水。

我再度以眼神和綾瀨同學溝通。該怎麼辦？

「唉。算了，反正雨還沒停。淺村同學也來這邊坐吧。」

綾瀨同學往沙發邊緣移動，空出一人份的位置。

「呵呵，果然想讓哥哥坐在自己旁邊是吧。」

「還是算了。妳那邊能空個位置出來嗎？」

她坐回原位。

「坐在我們中間就好啦。來吧來吧，淺村同學，怎麼樣怎麼樣？左擁右抱！」

「我倒是比較想坐在旁邊……」

「不行～這點不能讓！」

「為什麼真綾已經把這裡當成自家地盤，抱著我們家的沙發不放啊……」

這張沙發勉強擠得下三個人。坐在和綾瀨同學相反那一側的奈良坂同學，緊緊抓住沙發邊緣不放，綾瀨同學看在眼裡十分無奈。

「知道了、知道了啦。既然那裡沒問題的話，我就坐吧。」

不得已，我只好坐到沙發正中央。

畢竟我們家原本只有兩人。理所當然地，沙發不怎麼大。

坐在兩個堪稱校內話題人物的女孩子之間，實在難以保持平靜。不管我再怎麼注重待人要平等，終究有極限。

「剛洗完澡的淺村同學，有股很香的氣味呢。原來如此，這就是淺村家洗髮精的氣味嗎？這就表示沙季也……」

「哪可能用同一種啊？拜託妳用常識去想啦。」

原來是常識嗎？

我從來沒想過要和老爸用不同款的洗髮精和沐浴乳。這就代表，今後買東西時得多注意才行。而綾瀨同學似乎已經看穿了我在想什麼。

「自己用的東西我會自己買。畢竟已經是高中生了。」

她立刻表示不用在意。綾瀨同學果然細心。謝天謝地。

「那麼，要開始嘍～！」

說著，奈良坂同學開始操作。

輕快的音樂響起。我將注意力集中到畫面上。

明明這張沙發我早就坐習慣了，但是在場最為坐立難安的人為何好像是我？思考這件事的同時，我想起綾瀨同學方才說的話。我們家的沙發——雖然她應該沒多想，卻令我有點開心。

奈良坂同學啟動遊戲。似乎要先連上網路搜尋最新版的更新檔。不過沒什麼特別要更新的，遊戲很快就開始了。

「這個該不會是……很可怕的那種？」

綾瀨同學的聲音裡，帶有些許緊張。

「不可怕啦，是很可愛的那種喔！類似益智遊戲。操縱這個軟趴趴的人，讓他牽著手抵達這裡。」

奈良坂同學指著畫面上某個彷彿沒骨頭般不停蠕動的人型角色。

她隨興地操作，看似她所控角色的傢伙，被扔到空中翻了一圈後，摔在長刺的地面上。顯眼的濺血特效出現，角色隨著慘叫跌往舞台下方。

「看到了嗎？這樣就會死。」

「果然是恐怖遊戲嘛。」

「就說不是了啦～！只要好好操作就能過關喔。失敗了才會可怕。好啦，淺村同學也來，拿著這個。」
「喔，好。」
她將控制器交給我。
「聽好喔，這個遊戲呢，重點是三人配合。換言之是我們第一次共同作業！」
「意思不太一樣吧？」
「別嘍唆！好啦好啦，要開始嘍！」
死了超多次。
反正第一次玩本來就不可能玩得好嘛。不過，每當我的角色華麗地摔死，奈良坂同學就會趁機煽風點火。她一邊說著「好啦好啦再加把勁～」「啊～何必那麼急呢～」「好啦加油！」「還是不行嘛————！」之類的話，一邊用肩膀頂我。
距離近得可怕。比真正的義妹綾瀨同學更容易親近、更像妹妹。
「呼～玩得真開心！」
結束時，雨已經停了。奈良坂心滿意足地瞇起眼睛，踏上歸途。
「抱歉，我朋友很吵。」

6月10日（星期三）

送客送到大樓外的綾瀨同學，一回來就這麼說道。

「不會啦，沒什麼。」

「那個……」

她看起來難以啟齒，於是我主動催她說下去。

「交換一下ＬＩＮＥ，怎麼樣？你看，像這種不幸的意外，應該避免它今後又發生。」

「啊……嗯，也對。」

我不反對。沒錯，為了迴避不幸，有這麼做的必要。反正是一家人，沒什麼好奇怪的。

開啟好友列表，綾瀨同學的圖示就在上頭。

那是一張漂亮的茶杯照片。儘管只是圖示，依舊選擇分不出男女的圖案，這點也很有綾瀨同學的風格。

「這也是武裝嗎……」

「你剛剛說什麼——？」

換完ＬＩＮＥ後直奔系統廚房的綾瀨同學回頭這麼問。菜刀撞上砧板的聲音瞬間停住。

「不，沒什麼。」

「晚飯差不多好嘍。」

「我知道了。」

菜刀的「咚咚咚」聲再度響起，味噌湯的香氣撲鼻而來。

我開始回顧這手忙腳亂的一天。以上學途中得知綾瀨同學耳機的祕密為開端，今天的狀況還真多。

班際球賽練習時，看見綾瀨同學和奈良坂同學要好地一起練球。儘管有帶傘，依舊淋成了落湯雞。剛洗完澡哼歌被聽見是我這一生最大的失敗，之後和奈良坂同學她們一起玩也沒有任何表現。

即使如此，依然令人覺得收穫良多。

我關掉手機畫面，暗自這麼想。

6月10日（星期三）

6月11日（星期四）

早晨。包含亞季子小姐在內，一家四口圍桌而坐。

亞季子小姐昨天……應該說今天早上也晚歸，這時間她原本應該還在睡才對。

「夏至馬上就要到了呢。」

她打了個小小的呵欠，這麼說道。

似乎是陽光太刺眼才醒的。既然如此，老爸他們的臥室或許把遮光窗簾拉起來比較好。老爸多半沒注意到，之後再告訴他吧。

亞季子小姐雖然說她還要睡回籠覺，人卻已經站在廚房了。另一方面，老爸則是今天上班時間比較晚，因此顯得比平常悠閒，拿著平板在看經濟新聞之類的東西。

所以，四人久違地一起吃飯。

「拿去，老爸。那邊拜託了。」

「好好好。」

我把抹布丟過去。面帶笑容的老爸，仔細地擦起半張桌子——他自己和亞季子小姐面前那一半。

亞季子小姐和綾瀨同學，把早餐擺上清理乾淨的桌面。可能是因為兩人下廚的關係吧，菜色比平常多。

最後一道是煎蛋捲啊。亞季子小姐將雞蛋在煎蛋捲用的方形平底鍋（我家原本沒有，亞季子小姐帶來的）上攤成薄薄一塊，再拿長筷靈巧地捲起來，我根本不覺得自己能夠有樣學樣。剛剛綾瀨同學在試味噌湯的同時，也像個偷學師傅技巧的徒弟一樣盯著亞季子小姐的手邊看。

四人齊聲說開動之後，我們才伸出筷子。

自然而然地，我將筷子伸向亞季子小姐那道顏色漂亮的煎蛋捲。

蛋捲柔軟而厚實，有著黃色的魚板狀截面，我夾起一塊送入嘴裡。咬下去的瞬間，溢出的湯汁在口中擴散。和我預期的味道不一樣。這是？

「好吃。不過……怪了？這……不是一般的煎蛋捲？」

「高湯蛋捲。」

做的人照理說應該是亞季子小姐，回答的卻是綾瀨同學。

「高湯蛋捲？」

「煎蛋捲基本上只有蛋的味道對吧？想要鹹一點就會加鹽，喜歡甜一點的人則會加糖。」

「糖？」

「你討厭甜的？既然如此，以後我會避免加糖。」

「啊，不……都可以啦。話說回來，原來煎蛋捲也有甜的。」

「咦……」

「咦？」

妳用那種彷彿碰上異世界人的眼神看我也沒用啊。

「……你好歹在學校有上過烹飪課對吧？」

「啊，嗯。不過我沒做煎蛋捲。荷包蛋倒是有。」

「這樣啊。然後呢，高湯蛋捲，就是加高湯做出來的。」

「高湯……？沾麵醬汁一類的嗎？」

「嗯～我們用白高湯就是了。」

我順著她的視線看去，在系統廚具上看見陌生的白色瓶裝調味料。原來如此，是那個嗎？不煮飯的我們家，原本應該只有鹽、醬油、砂糖這些，那應該也是亞季子小姐帶來的吧。

「這個味道，是雞蛋加上高湯的結果。當然，也會視情況加鹽。如果想要有甜味就加點味霖之類的。雖然也有人加醬油，不過那會染上顏色，就沒辦法弄成這種漂亮的黃色了。」

「妳還真清楚呢。」

「沙季也會做喔。既然悠太喜歡，妳要不要做給他吃？」

「如果是我，沒辦法弄得這麼軟……」

「我喜歡荷包蛋。」

「……這樣啊。改天心情好的時候再做吧。」

我和綾瀨同學這段對話，背後的意思如下。契約之外的部分不需要多費力氣，我不會在意啦。相對地，綾瀨同學的回應是——謝謝。為了表達謝意，如果有餘力就做給你吃。

背後其實暗藏這樣的互動。只要這樣就能理解彼此的意思，實在是謝天謝地。雖然之後會確認一下就是了。畢竟用暗號溝通容易產生誤會嘛。

6月11日（星期四）

老爸沒注意到我們的互動，只是不停誇讚亞季子小姐的高湯蛋捲好吃。不過，世界第一美味也未免太誇張了吧。炫耀嗎？這就是炫耀嗎？沒想到一大早就要看年過四十的親生父親炫耀他們有多恩愛……對於十七歲高中生的心靈實在是一大打擊啊。

就在我絞盡腦汁要轉移話題時，突然想起一件事。

「這麼說來，這週應該是輪到我洗衣服，亞季子小姐和綾瀨同學的也一起洗沒問題吧？」

「啊，這個……」

綾瀨同學吞吞吐吐，欲言又止。

我感到很疑惑。有話直說的綾瀨同學會這樣很罕見。怎麼了嗎？我說了什麼不該說的話嗎？

「呃，如果悠太不排斥，衣服可以全部由媽媽來洗喔～」

「咦？這樣不太好意思啦。」

決定四人共同生活時，我們也談好了家事怎麼分擔。雖說現在已經有許多地方和那時不一樣，但也不能連洗衣都交給人家……

「可是，四人份很累吧？」

亞季子小姐沒有放棄。看見她的反應，就算是我也發現不對勁了。

仔細一想，女性們的衣物由我這個男人處理，本身就是個敏感的問題，我卻因為不想把家事推給別人的念頭太重而疏忽了這點。

這可不行。在我領悟亞季子小姐的暗示之前，綾瀨同學已經幫忙說明。

「如果連內衣都交給淺村同學，呃……更、更何況，內衣的質料很脆弱，處理起來應該相當麻煩。要把哪件內衣放進哪個洗衣網，你知道嗎？」

「……哪件……放進哪個？」

在因為麻煩人家解釋而道歉之前，純粹的疑問已經脫口而出。

「胸罩直接洗會變形，鉤子和裝飾也會傷到其他衣服對吧？所以需要用胸罩專用的洗衣網。而且內……呃，下面的貼身衣物也是比較可愛的那種，裝飾部分容易脫落……」

儘管場面稍微有些尷尬，她依舊細心地為我說明。於是我明白了，清洗女性衣物似乎比想像中還要複雜。

「話說，淺村同學也會把深色衣物和淺色衣物分開、會把有立體圖案的衣服放進洗衣網對吧？畢竟不這麼做會讓圖案剝落。」

「妳說立體圖案，是指布料上有貼圖畫和標誌的那種？」

「對，那個。」

「啊，難怪那些圖案每次洗都會剝落一些。」

我一這麼回覆，便看到綾瀨同學抱頭。

然後她抬起頭，乾脆地宣告。

「這種知識水準，沒辦法安心託付我的衣服。我會自己洗。」

「啊，嗯……了解。」

亞季子小姐微微一笑，彷彿要掃除現場尷尬的氣氛。

「至於太一的，就等到我負責時一起洗吧。要不然，悠太的也交給媽媽洗。」

聽她們這麼一說，原本以為只需要把洗衣籃翻過來倒進去就好的洗衣，突然在我腦中形成鮮明的畫面。

亞季子小姐——

洗我的內褲？

哇……不行，絕對不行。

「……我好像真的明白綾瀨同學有多尷尬了。」

「對吧？」

她嘆了口氣。唉，怎麼說呢，抱歉啦。

一打開玄關的門，走廊對面傳來的沙沙聲突然大了起來。今天也下著雨。

綾瀨同學說要一道走，和我並肩走出家門。

今天是怎麼了？我很疑惑。

之前她明明都堅持先出門的。

的確，雖說是義妹，但也算是真正的妹妹，一起上學沒什麼問題。呃，慢著，是這樣嗎？都高中生了還兄妹一起上學一起回家，感覺不太可能耶。還是說我想太多了？

「我有些話要和你說。」

在下樓的電梯裡，綾瀨同學這麼起頭。

原來如此，這下子我明白了。既然有理由就另當別論。我甚至覺得，這樣符合綾瀨同學直來直往的作風。

「我想向你道歉。」

「……道歉？」

為什麼道歉？我回想早上和她的一連串互動。她做了什麼值得道歉的事嗎？我幹了蠢事毋庸置疑，但是會讓綾瀨同學道歉的……

我們走出電梯，離開大樓。

困在陰雨牢籠裡的街道，行人寥寥無幾，只有我和她的傘並排。抵達學校之前的這段時間，正好可以讓我們兩個談談。

綠意在雨中更為鮮明的行道樹彼端，偶爾會有車鳴響喇叭駛過。擔心被水濺到的我們，在此時停下腳步。

重新邁開步伐的綾瀨同學，微微皺起眉頭開了口。

「下意識的歧視言論，正是我最該厭惡的東西。抱歉。」

她一本正經地這麼說道。

我頓時心生警惕。從綾瀨同學的表情，看得出來這是個嚴肅的話題。

她深吸一口氣，然後猛然吐出。

「還有一種可能性，『淺村同學自己就穿名牌女性內衣』，這種事其實也不是沒機會發生。」

完全沒機會。

「明明我自己一直否定僵化的性別角色。」

「慢著，綾瀨同學。」

「畢竟淺村同學還算注重穿著嘛。昨天也是立刻就把濕衣服洗了。雖然還沒見過你塗護唇膏或上粉底，但也有可能只在別人看不見的地方才精心打扮。」

「慢著，冷靜一點，綾瀨同學。」

我大步繞到她前方，把她攔住。

為了停止她失控的思緒，先打斷並行的動作比較快。

被我攔住之後，綾瀨同學才驚覺地抬起藏在傘內的臉。

「……好。我冷靜下來了。」

「啊，嗯。」

「就算喜歡女裝，也不見得真的就會這麼做嘛。」

不行，她還是不夠冷靜。

「靜下心來，仔細思考一下。妳見過我家的盥洗室了對吧？」

綾瀨皺起眉頭，「唔唔」地陷入沉思。

「呃……我想想。呃，有刮鬍刀對吧。也有刮鬍水。一般女性用的化妝品……沒看到。」

「對吧?」

「可是,淺村同學的眉毛很漂亮。」

「啊?」

「既然這麼漂亮,想必有好好打理一番對吧。雖然沒看到眉梳,但也有可能是去美容院——」

「理髮廳啦。」

美容院對於高中男生來說也太難了吧?

就算這裡是年輕人的城市——澀谷,也不見得每個人都會迷上化妝和名牌。與其把錢花在打扮上,我寧可拿去買書。

「咦?既然如此,那對眉毛是天生的?」

「是這樣沒錯。」

她盯著我打量了好一陣子。

「難以置信。好羨慕……」

「是、是這樣嗎?」

「……真不甘心。」

說完，綾瀨同學再度邁開腳步。

我也默默地走在她身旁。

「那個啊。」

「怎樣？」

「剛剛那個話題的後續，記得嗎？妳說性別角色如何如何那個。」

「嗯。」

「所謂的性別角色，就是那個吧？按照性別扮演他人期待的角色，對不對？」

如果講得簡單一點，男人表現得像男人、女人表現得像女人，就叫做遵從性別角色。決定怎樣的行為才叫做「像」，則是基於一種名為「世間」的共同幻想，很遺憾，一來那不是我，二來通常這種幻想都沒什麼明確的理論依據。

「是啊。不過真要說起來，所謂的性別在現代也不止兩種吧？」

「啊～嗯，也對。」

這我倒是曉得。平常有看書，這種事自然會在不知不覺間學到。何況，這年頭相關事件常會上新聞。據說美國版Facebook，就有五十八種性別可選，還蔚為話題。

也就是說，人並不是只以ＤＮＡ上的性別區分單純的男和女——綾瀨同學似乎也有相同看法。

「人類的性別雖然是由性染色體決定……」

「Ｘ染色體和Ｙ染色體對吧。」

「沒錯。性染色體分成Ｘ型和Ｙ型，由它們的組合決定性別。ＸＸ就是女生，ＸＹ則是男生。讓人類成為人類的四十六條染色體之中，只有一條。只差在它是Ｘ或Ｙ而已。大概只占了基因的幾個百分點吧。」

綾瀨同學的口氣，顯得很不甘心。

「這個嘛，的確沒有太大的差異。」

「而我們就受到這些許的差異擺布。明明人絕不可能只靠這兩種就分清楚。」

灑落的雨聲之中，唯有她的話音，在我耳裡格外清晰。

「性別自我認同也一樣。世上總是有人本性與基因宣告的性別不一致，也存在各式各樣的認知。」

綾瀨同學所說的理論，我也明白。不過，我天生基因就是男性、腦袋也認為自己是男性。所以缺乏實感。

「戀愛對象也一樣。喜歡男性、喜歡女性、兩者都喜歡、兩者都不喜歡、真要說起來根本不會有戀愛感情……每一種都有可能，每一種都不該被否定。襯托自己的服裝也一樣。即使基因上是女性、性別自我認同也是女性、戀愛對象又是男性，卻喜歡異性裝──這個場合也就是男裝了──喜歡男性裝扮的女性也不算罕見。同理，即使男性喜歡女性內衣，也沒什麼好奇怪的。」

「話是這麼說沒錯。」

「可是，在那個瞬間，我腦中完全沒浮現這種念頭。」

說著，綾瀨同學嘴巴不甘心地成了ㄟ字形。

這也算是那個吧。「即使宏觀來說正確，從微觀角度看例外仍然要多少有多少」的一種。「人類大多數都是這樣」和「所以這人也一樣」之間有巨大的差異。

假如我是平常就會穿女性內衣的男性，那麼把內衣交給我洗，和交給不熟悉相關知識的同性姊妹來洗，又有什麼不同呢？

如果自己的衣服交給母親洗，綾瀨同學想來不會介意。儘管如此，今天早上，一想到自己的內衣會由我洗的那一刻，她忽略了一切該確認的部分，先一步展現了生理上的羞恥心。

6月11日（星期四）

這種事一般來說會用「理所當然」帶過，她卻十分介意。

綾瀨同學隨時都在奮戰。

面對「世間」不停加諸在自己身上的角色，她不願盲從，而是希望每一個部分都能用自己的腦袋思考。對於我這種選擇**放過**的人來說，實在太耀眼了——

「唉，如果要這麼說，在想像亞季子小姐幫我洗衣服的瞬間，我也覺得很不好意思啊。」

「問題不在於別人會怎麼樣，就只是我不能原諒自己。所以我才想道歉。」

「嗯……」

我稍微想了一下。

雖然同意這種看法，不過這種認真的態度應該讓她很痛苦吧。有沒有什麼可以避免否定她又能讓她稍微放鬆一點的思考方式呢？

差不多已經能看見校門。這麼一來路上的學生也會增加，大概沒辦法繼續像這樣交談了吧。

「……有種現象叫反射對吧。」

「反射？閃亮亮？」

「不是那個。話說回來，為什麼要用幼兒語啊？」

綾瀨同學的思考偶爾會怪怪的。不過嘛，這樣也挺有趣的，就算了吧。

「呃，就是指不經思考的行動。」

「喔，那個啊。像是敲膝蓋腿就會動之類的？」

「就是那個。」

人類有些行為，是在思考之前就有所行動。例如有東西飛來時，眼睛會下意識地閉上；碰到熱的東西，手就會縮回去。

「透過讓腦思考而發展至今的人類，為什麼會保留這種機制呢？我以前曾經想過這種事。」

「這……是因為什麼都要想就沒時間躲避吧？」

「沒錯。因為有生命危險，所以在有可能危及性命時，人會在思考之前就採取行動。我想只要是生物，就需要這種能力。」

「這又有什麼……啊，原來如此。」

聰明的綾瀨同學，在我說明完畢之前，似乎就已經得出結論了。不過，我還是要講完。

6月11日（星期四）

「簡單來說，就類似應用程式的巨集或捷徑之類的東西吧。」

我這麼一說，綾瀨同學便笑了出來。

「真是有趣的例子呢。」

「方便好懂，所以我就用了。不過，偶爾也會出現巨集無法處理的案例。這種時候如果不明白原理，就會無法對應，寫不了新巨集。」

「是啊。」

「『一時情急就變成這樣』，也是有它不得已的地方。因為，必定也有這種反射行為能夠得利的場面。」

「不過，偏見會造成歧視。」

「所以才要重新審視對吧？綾瀨同學重新審視自己的行為後，已經有所反省。這麼一來，我想就沒必要繼續煩惱了。我不認為妳是那種無法對反射行為有所反省並修正的人喔。」

我恢復比較開朗一點的語氣，試著這麼說道。

此時我突然發現，原先走在旁邊的綾瀨同學不見了。

回過頭去，才發現她就像凍結似的，停在約三步遠的位置。

「綾瀨同學？」

她低著頭令人在意，於是我喊了一聲。

「淺村同學對於我……」

這次的話音，似乎輸給了雨聲。

「**理解得太深了**。」

她是這麼說的？

綾瀨同學抬起頭看向前方，快步追過我。

通過正門，踏入學校。背影消失在人群和雨幕的彼方。

「怎麼啦，淺村？」

直到丸拍肩為止，我都茫然地撐著傘愣在原處。

被他拍的位置意外地冷，我這才發現傘撐斜了，自己已經被雨淋濕。

綾瀨同學的背影，在我腦海裡揮之不去。

即使放學鐘聲響起，雨依舊沒停。

今天是星期四，有打工的日子。我需要先回家一趟，再到站前的書店。由於得在雨中反覆移動，實在有點麻煩。如果有把店裡的制服帶來，直接從學校過去，或許比較輕鬆。

我看向走廊窗戶的彼方，宛如被綿綿細雨蒙上一層紗的景色。

六月的雨，我並不討厭。一來綠意會更顯濃郁，二來即使在雨中也聞得到夏天的氣味。

不過，雨天我想盡可能少背點東西。順帶一提，打工制服之所以沒放在店裡而是帶回家，則是因為制服弄髒要自己清理是慣例。

樓梯口就在眼前。

走向鞋櫃的途中，我下意識地左右張望。

注意到自己這種行為後，我搖搖頭。不不不，她不可能呆呆站著看雨吧。畢竟她今天拿著傘和我一起走來學校。

「應該已經回去了吧。」

我用力撐開手裡的男用大傘。黑色圓形將面前風景切下一大塊，使得我什麼也看不見。

我讓傘柄靠在肩上，走出樓梯口。

雖然也和雨從早就開始下有關係，不過我之所以沒帶折傘而改拿老爸這把不起眼的傘，則是考慮到，說不定會有學生記得昨天我交給綾瀨同學的那把傘。

或許沒必要在意到這種地步。反正我們的確是兄妹。

新的妹妹，沒有血緣。還不到一星期。

即使如此，我依然覺得自己漸漸了解綾瀨同學是個怎樣的人。早上她那番話，究竟是什麼意思呢？

雨打在傘上的聲音很吵，沒辦法集中精神思考。

回到大樓，走進家門。

一關上厚重的門，原先在耳邊迴盪的雨聲頓時消失。

我將闔上的傘立到一邊，吐了口氣，脫掉濕透變重的鞋子。儘管身子有些冷，但是沒時間洗澡。必須趕緊出門才行。

我走向自己的房間。

途中，我經過綾瀨同學的房門。

儘管我沒打算偷窺，然而不幸地門沒關，我不小心從縫隙瞄到了裡面的樣子。

色彩繽紛的內衣和外衣，毫無防備地晾在房間裡。

6月11日（星期四）

畢竟是雨天，這也是難免吧。

我是對此毫不在意，洗完後全都丟烘乾機的那一派。但我也知道，如果衣物有可能傷到，某些人會拿出來晾乾。

不過，話雖如此。

真沒想到自家會有晾起女性衣物的一天啊。啊，盯著這些東西看好像不太妙。

既然晾起了洗好的衣服，就代表綾瀨同學和我猜的一樣已經到家。要是被發現我在看這些東西，可就不只是尷尬了。

「淺村同學？你回來啦。」

「咿！」

背後傳來的聲音，讓我下意識地挺直了身子。

接著我猛然回頭。

「怎麼了嗎？」

「不，沒事。沒什麼啦。」

「這樣嗎？那就好。」

嘴上這麼說，綾瀨同學卻投來懷疑的眼神。

「我、我今天要打工。」

我輕輕揮手，走向自己房間。

雖然感覺得到綾瀨同學的目光，但是我沒膽子回頭。簡直就像成了真正的內衣賊一樣。

儘管只是在家中偶然撞見，並沒做什麼壞事，當事人也說過洗過的貼身衣物和手帕沒兩樣，卻還是感到於心有愧。

我將打工地點的制服塞進包包，奔出家門前往書店，這段期間就連雨聲也蓋不住怦怦作響的心跳。

我把心思全放在打工上。

想要把方才的記憶從腦中抹消。特別是藍色布料的那個。

換好制服別上名牌，便著手處理工作。

今天是整理庫存。要將進貨後過了一定時間仍然沒賣掉的書下架。如果不像這樣把空位清出來，就擺不了新書。

明天是星期五，原則上中盤商六日不送貨。週末發售的書全都會在明天到。

6月11日（星期四）

換句話說，今天必須清出更多空位。

很遺憾，不管販賣方對於每一間店的來店購買預測精確度提升到多高，也無法完美地猜到每一位客人的行動。

每個人都有自己的個性，會關心什麼、會基於怎樣的動機採取行動，難以解釋清楚，也會受偶然左右。不確定的浮動與混沌總是存在。進的書賣不完，恐怕將來也賣不完。賣剩的書必定存在。

啊，這本賣剩啦……

我檢查輕小說區，拿起一本書。

打從它上架時，我就很在意。可能是不想弄成常見的後宮愛情喜劇，不過就算是這樣，也不需要在封面擺上48個女孩子的臉吧？太新穎了。

製作方想賣、覺得會暢銷的書，和實際上暢銷的書是兩回事。很遺憾，大多數顧客偏向保守。

我將這本書拿出來另外放，繼續整理剩下的書架。

「你又～把書留下了。」

一回過頭，便看見讀賣前輩站在那裡。

「不過，反正這樣下去它不是退回就是進中古。我想，能夠為銷售量做點貢獻也好……為什麼會進這種書呢？」

在連鎖書店，通常會從過去的銷售狀況抓出傾向，就算會有些浮動，偏門到這種地步的書，一般來說不會進。應該不會進才對。雖然我喜歡這種書。

「會不會是因為，有人每個月都買這種新穎的書呢～」

「也有這種客人呢。」

前輩面帶笑容看著我。

咦，該不會，就是我？

「呵呵。話說回來，後輩，你今天工作格外認真呢。」

「什麼格外，拜託別講得那麼稀奇。沒啦，嗯，普通而已。」

「是嗎？」

「怎麼了，我很奇怪嗎？」

「看見年輕人專注在工作上的寶貴畫面，讓人覺得是不是碰上什麼難過的事，大概就這樣吧？」

「這口氣好像什麼達觀的仙人一樣呢。」

「仙人不錯耶。我想當仙人喔。這麼一來，我就不需要為凡間的雜事操勞了。唉。」

這種時候嘆氣，不禁令人在意。

「前輩才是，出了什麼事嗎？」

「很在意？」

「如果我在意有意義的話就很在意。」

「不錯的回答呢～我就喜歡你這點～」

「所以才做這種容易讓人誤解的事對吧。」

說著，前輩露出得意的笑容，實在很惡質。

「目前沒什麼問題。只要願意為我著想的後輩還在，就已經幫了個大忙啦～」

「是這樣嗎？」

「就是這樣喔～所以啊……」

「嗯？」

「對於可愛的妹妹，也要多為她著想喔。」

「喂！」

「要是她生氣了，就買些甜食回去吧。」

「我、我才沒有惹她生氣。」

還沒有。

「那麼，你幹了什麼好事？」

「就說了我什麼也沒做啦。」

「那麼，你幹了什麼『好事』？」

「在對話中自然地改變音調未免太能幹了點吧？話說回來，拜託別再玩這種下流哏了啦……」

「啊哈哈。唉呀，畢竟情緒沒辦法直接抹消嘛。如果不適度發洩一下，之後會爆炸喔？」

她這麼一說，倒是讓我無言以對。

既然什麼話都說不出來，我便趁機閃人回去工作，只剩一臉得意的讀賣前輩留在原處。

「那個人真是的……」

我一邊嘀咕，一邊重新面對架子繼續整理。

6月11日（星期四）

在這種單純作業的空檔，書店店員也得臨機應變處理各種狀況。只要還像這樣穿著店裡的制服，有困擾的顧客就會不斷上門求助。

詢問書放在哪裡的客人，占據壓倒性多數。

而且都是搜尋服務找不到的那種。換句話說，既不知道出版社也不認得作者，類型和標題也很模糊，就像「這種書會放在哪裡」之類的。

有發生命案的系列作品——這樣問我也很難回答啊。

模糊到這種地步，就目前來說不管怎樣的搜尋服務大概都沒辦法找。與其說找不到，不如說找到的太多了。應該還能再多給點提示吧？

貓解決案件。貓？

我一問讀賣前輩，她立刻領著客人過去。畢竟前輩說過她喜歡推理作品嘛。

「這很有名喔？說不定不知道還比較稀奇。」

「是這樣嗎？」

推理在我的守備範圍之外。

「如果客人說『搞不好是狗』，倒是會讓我不知所措。」

「怎麼可能，連那種也有啊？」

「有喔，就這個。」

真的有啊？推理作家好厲害。

其他包括預約新書、抱怨買了雜誌卻沒有附錄，還有照顧和父母走散的迷路小孩等等。書店店員的工作五花八門。

我一邊處理這種鑽空檔的突發工作，一邊整理書架。回過神時，我已經做完今天的分量。看看時間也差不多了，於是我向前輩說一聲，然後下班回家。

走出店門，雨已經停了，萬里無雲，圓月從高樓之間的縫隙探頭。

賞月的方式會隨季節改變。太陽高高升起的夏季，滿月的位置會比較低，冬天則相反。現在是夏至前，滿月爬不了太高。夾在高樓與高樓之間的滿月，顯得很委屈。

空氣還有點潮濕，吹過街道的風卻很舒服。

走了一會兒，塞進褲子後方口袋的手機突然震動。

拿出來一看，待機畫面只顯示了一行ＬＩＮＥ的通知。

儘管很快就消失，但是不用滑出來重看我也明白。是綾瀨同學發的。她傳來的第一封訊息。

『你果然有看對吧。』

糟糕透頂的第一句。我已經能猜到她寫了什麼。

我戰戰兢兢地解除待機畫面啟動App，閱讀訊息。

內容簡單來說就是這樣。

她從我可疑的行動推測我在房門前做什麼，最後懷疑我是不是在觀察晾在房間裡的內衣。儘管內衣和手帕沒兩樣，不過還是想確認會對內衣感到害羞的我看著那些東西的意義何在……就是這樣。

接下來多半還要面對檢方的審問，趕在那之前發送訊息做最低限度辯解的我，回到了家。

看見玄關的鞋子，我多少鬆了口氣。幸好，雙親都還沒回來。

一抬起頭，我就和手扠腰的綾瀨同學四目相視。

「我回來了，**綾瀨同學**。」

「你回來啦，**淺村同學**。」

說的話明明一樣，聽起來卻冰冷無比，這是為什麼呢？

「就這樣愣在玄關也沒用吧？」

「啊，嗯……」

儘管我姑且算是有解釋，不過她究竟會相信多少呢……

「先去房間。」

「咦？誰的？」

「你還是對我房間很感興趣？」

「是，我會在我房間等。」

這種時候還是別違逆人家比較好，應該吧。

我回到自己房間，放下背包，跪坐在地等待綾瀨同學。

「為什麼要坐在那種地方？」

「呃，沒什麼特別的意義。」

我實在沒辦法說「比較方便磕頭謝罪」。我也不曉得光是這麼做能不能得到人家的原諒。

「拿去。」

聽到這一聲，我抬起頭，眼前有個冒著熱氣的馬克杯。

「咦？」

「你討厭熱可可？如果是這樣我就收回。」

「啊，不，我……不討厭。」

說著，我接下杯子。

雖然我比較喜歡咖啡，不過從陰冷的雨中歸來，拿到一杯這樣的熱飲，依舊令人純粹地感到高——

咦，難道那些……？

我抬眼打量綾瀨同學的臉，果然她的眼裡還有怒意。

「然後呢……關於寫在這裡的內容。」

「啊，嗯。」

「房門偶然地半開，注意力被裡面的景象吸引過去。然後我出聲喊你，所以你倉促之下就逃走了。」

「就是這樣。」

「你是以為，我懷疑你企圖偷內衣？」

「這個嘛……算是吧。」

「明明只是妹妹的？」

「話是這麼說沒錯……」

我頓時啞口無言。無從反駁。如果換成親妹妹或親生母親的，就算害羞也不至於在意到這種地步……不過，這也是難免嘛。

我和綾瀨同學成為兄妹也才區區五天。就在這種辯解閃過腦海的瞬間，不知為何她先有了反應。

「抱歉，這樣不公平。」

「咦？」

「我們在法律上確實是兄妹，不過就算是這樣好了，要求在法律身分定下的那一刻起就表現得像個哥哥，甚至連腦中的想法也不例外——等於不把淺村同學你當成人類。」

「……我明白妳的意思。」

身為高中生的我們之所以能住在一個屋簷下，是因為我和綾瀨同學至少在行動上表現得像兄妹，而且以家人身分共享這個地方。

人家期待我們表現得像一對兄妹，相信我們能表現得像一對兄妹。所以我們不能背叛這種信任，也沒打算背叛。不能讓老爸和亞季子小姐為難。

話雖如此，卻也不可能完全表現得像共同生活了十六年的兄妹一樣。人類的思維，可不是把程式碼換掉就能搞定的。

一星期之前彼此還是外人，這點也是真的。綾瀨同學的意思是，她有理解到這點的必要。這人究竟有多公正啊？

「不過，這麼一來就扯平了。互不相欠，如何？」

「扯平？」

「我認為注意力被內衣吸引，也是一種反射作用。早上我做出反射性的行為，這回則是淺村同學。所以扯平了。畢竟我不認為淺村同學是無法對反射行為有所反省並修正的人。」

「這倒是令人高興。」

「話說回來——」

嗯？

「這就表示我的內衣，具有足以吸引目光的魅力。」

「我可沒這麼說。」

「那麼，就是缺乏吸引力……嘿～」

「……該不會，妳是在調侃我？」

「這個嘛，天知道嘍。可是，險惡的氣氛也不能就這樣持續下去吧？」

「這……也對。」

「你並不是完全沒有想把我的內衣拿走的念頭對吧？」

「唔。唉，說實話，要說沒有這種慾望大概是假的。不過就算是這樣，我還是什麼都不會做喔。」

「嗯～？有慾望啊。」

「沒有也算不上好事吧？有慾望和順從慾望行動是兩回事。」

我努力維持嚴肅的表情，直直盯著綾瀨同學的臉看。

「嗯。也對，抱歉拿你尋開心了。這件事，我們就到此為止吧。」

「真是感激不盡……」

我老實地道謝，並且在心裡讚嘆綾瀨同學的應對。

內心的情緒無法直接抹消。即使是出於誤解也不例外。

因為我看見內衣而產生的怒意，沒有消失。

6月11日（星期四）

但是她沒有直接爆發，而是明確表示「我在生氣」，也沒忘記保持冷靜。

情緒管理能力真是不簡單啊。

「磨合」嗎？我還差得遠呢……

「不過嘛，還好。」

「嗯？」

「你沒有覺得內衣的設計很怪。要是聽到奇怪的感想，我可能會想把它們直接丟掉。」

「……該怎麼講，說不定我漸漸能夠明白妳的性格了。」

「是嗎？」

「嗯，多少有一點吧。」

我一這麼說，綾瀨同學便露出微笑。

6月12日（星期五）

一早綾瀨同學就避著我。

我覺得她刻意避開我。理由不清楚。

今天早上，我還沒坐到餐桌前，綾瀨同學就已經走出家門了。

我們連一句話都沒說。

完全搞不懂。昨晚她最後的微笑閃過腦海。在那一刻，我明明還覺得彼此前所未有地接近。

無論再怎麼思索，我依然搞不懂。

如果下雨，大概還能一起上學，也能趁機和綾瀨同學聊聊，偏偏就在這種時候天氣背叛我。

放晴了。

我騎著自行車，仰望六月十二日的天空。藍得令人不甘心。

所謂的皐月晴。

順帶一提，舊曆的皐月，在現今的新曆相當於五月末到七月上旬。換言之皐月的多數時間並非五月而是六月。

這也就表示，它是舊曆的梅雨季，因此皐月晴是指梅雨之間短暫的晴天。

不過嘛，這點知識只要在網路上搜尋一下，馬上就會知道。如果不思考這些，我就會滿腦子都在想綾瀨同學的事。

我一路跑向學校。

林蔭道旁的群樹，還留有昨晚降雨的痕跡。停在葉子上的水滴不時灑落，順著風打在臉上。

水滴的些許寒意，令我剛醒的腦袋回神。

或許，她還在為昨晚的內衣事件生氣也說不定。

稍微想了一下之後，結論是並非如此。從她的性格來看，生氣時應該會直接說出來吧。

在苦思不得其解的情況下，學校到了。

仰望天空，只見萬里無雲。

我記得，第二節好像是體育……當然，今天也是班際球賽練習。地點和上次一樣是網球場。照理說會和綾瀨同學他們班一起。

第一節是現代國文，但是我完全無法集中精神，根本不記得上了些什麼。於是到了第二節課，抵達網球場的我，裝出一副若無其事的模樣觀察女生們。

「喝啊————！」

奈良坂同學今天一樣精力充沛。

打出去的球也力道十足，一路飛進旁邊的場地。

「喂，真綾！」

「喔喔，全壘打！」

「笨蛋！」

雖然網球應該和棒球不太一樣。

開心練習的女生裡，沒有綾瀨同學的身影。

至於綾瀨同學，則是又窩在球場角落，一個人戴著耳機背靠鐵絲網。只不過她不像之前那樣看著空氣，似乎在思考些什麼。

她閉起眼睛低著頭。還是很令人在意。

下課時，晃到我旁邊的奈良坂同學悄聲開口。

「喂，葛格。」

呃，妳在學校還這樣喊啊？

就在我忍不住想吐槽時，卻遭到突襲。

「沙季她怎麼了嗎？」

這一句正中要害，我瞬間啞口無言。換句話說，奈良坂同學也看得出來，今天的綾瀨同學顯然和往常有些不同。

「呃，我不方便多說。」

「這樣啊。」

她陷入沉思，抱胸走向校舍。等待的女生們紛紛瞄向我，不過我可沒做出什麼妳們想像中的事喔？

「喂，淺村。」

「嗯？喔，丸啊。」

一回頭，便看見好友丸友和站在那裡。

「你這什麼有氣無力的回應啊？」

「練習很累嘛。」

「一來你沒喘氣，二來你的衣服連半點髒汗都沒沾上喔？」

「看得還真清楚耶。」

至於丸呢，今天似乎有好好練習到壘球。而且似乎相當來勁，他全身上下都沾滿了泥土。

「怎麼？一直盯著我看。想要我的身體啦？」

「只是覺得洗衣服大概會很麻煩而已。」

「嗯，這樣啊。淺村你的話，如果肯出個一萬圓買我，倒也不是不行。」

丸說買他——

「你、你在講什麼啊！」

「肉體勞動的日薪不就這樣嗎？從屋頂防漏到蓋狗屋，我大致上都有在做喔。以打工酬勞來說，這個數字應該差不多。」

「……啊，是這個意思。」

「淺村啊，你想到哪裡去了？」

那種事怎麼說得出口啊。

「很可惜，我家是公寓不會漏雨，也沒有蓋狗屋的計畫。更何況我家根本沒養狗。」

「這樣啊，真遺憾。原本以為很適合賺快錢的。」

「和你之前講的好像不太一樣？」

不是說賺錢要看有沒有弄懂社會結構、商業機制嗎？

「冷靜點，淺村。我應該說了是『快錢』才對。因為生日快到了。」

「誰的？」

啊，不說話。

「換句話說，是為了買某人的生日禮物，需要一筆錢對吧？」

「不加快動作會趕不上下一節課喔，淺村。」

說完，他迅速轉身離去。

不過，是這樣嗎？原來丸也有要送生日禮物的對象。

丸啊。

到頭來，待在學校這段時間，一直沒機會和綾瀨同學交談。

我也有試著用ＬＩＮＥ問。

『妳看起來很沒精神，出了什麼事嗎？』

『沒事。』

也沒附貼圖（雖然綾瀨同學本來就不像會用貼圖的人），這種冷淡的回應，讓人感受到距離。

下課之後，我直接騎自行車前往打工地點。

儘管一如往常被讀賣前輩調侃，我依舊撐完了工作時間，再度騎上車飆回家。

打開玄關的門。味噌湯的香氣從廚房飄來，刺激我的鼻子。看來綾瀨同學已經回家啦。

「我回來了。」

我順著走廊往內移動，同時喊了一聲。

「你回來啦……飯已經做好了。」

果然，似乎隱約有種微妙的溫差。會不會是我想太多了？

「今天是生魚片？」

桌上的藍色盤子裡鋪著蘿蔔絲，切成厚片的生魚片排得很整齊。大概是鰹魚。

「嗯，半敲燒。」

「魚看起來很新鮮，應該很好吃。」

今晚似乎是純和食。味噌湯是切成半月形的馬鈴薯配海帶芽那種。溫熱的馬鈴薯能讓身體暖和起來，正適合這種帶有梅雨寒意的時期。小缽裡裝了一些用米糠醃漬的小黃瓜和黃蘿蔔。我家沒有米糠床，這是直接買已經醃好的成品。

在綾瀨同學將菜擺上桌的期間，我則是先把桌子擦乾淨，再將剛沖好的熱茶分別倒進各自的茶杯裡。

「我開動了！」

從味噌湯開始。

先以筷子在表面輕輕一攪，將味噌拌勻，然後以碗就口。在撲鼻而來的味噌香氣之中，我用筷子前端攔住湧來的湯料，先喝了一口湯。

「嗯。綾瀨同學的味噌湯，果然好喝。」

「……是嗎？」

「該怎麼說呢？喝得出湯頭的鮮甜，而且有味噌的味道。」

「畢竟是味噌湯，這是理所當然的吧。」

她一副「你在講什麼啊？」的口氣。

「倒也不見得喔。」

我也不是完全沒下過廚。

可是，我做不出這麼好喝的味噌湯。由我來做時，不知為何只會變成某種很像味噌湯的東西。

等到放棄下廚好一陣子之後，我才偶然地從書中得知理由。我當初是放了味噌以後才煮到沸騰，這樣會讓香氣散掉。

味噌的香氣，似乎主要來自發酵產生的酒精。這麼一來，煮到沸騰自然會散。弄清楚之後就知道是科學。原來如此。

如果早一點知道是這麼回事，或許我也會對料理感興趣……

「好，那麼，要輪到今天的主菜了。」

「太誇張了啦。」

「呃，可是這真的看起來很好吃。」

我把切好的薑放到略厚的鰹魚上，然後整塊挾去沾醬油。首先就這樣吃一口。在口中咀嚼。帶有彈性的肉一咬下去，滋味就在舌頭上擴散。好吃。

「好吃。」

再來試著放到飯上一起吃吧。

「好吃。綾瀨同學的手藝真好。」

「我說啊……那個我只負責切而已。不過，多謝誇獎。因為偶然在限時特賣看到便宜的……」

「喔？原來是特地看準特價買的啊。」

「因為我想盡量節省一點。」

這麼說來，現在綾瀨同學負責做飯，買菜的錢應該都是老爸他們給。看準特價出手，就能把省下來的錢留在手邊。

這時，我突然想問一件之前就在意的事。儘管事後回想起來，這一問似乎成了導火線。

「為什麼妳會那麼想要錢？」

聽到我的問題，綾瀨同學停下筷子。

筷子在鰹魚半敲燒上面游移不定。

我並不打算指責她吃飯沒規矩。畢竟她不是因為要吃什麼而猶豫。我一直等到她自然開口。

「我想先前應該也說過。他人的目光、他人的期待之類的。為了擺脫這些麻煩的東西，需要能夠獨自生存的力量。」

「意思是，金錢就是力量。」

「不是嗎？」

「呃……嗯，我想應該沒錯。」

如果沒有錢，會有很多事無法自由，這點也是事實。話雖如此，但我也不認為金錢就是一切。我很清楚這樣太過短視。

「不過，錢實在不好賺對吧。」

一聲嘆息。

她一垂下頭，長髮便順勢從套在制服外的白圍裙肩頭往前落。就連放下筷子將秀髮撥回背後的動作，看上去也帶了幾分憂鬱。

「高薪打工還在找就是了……」

「反正我也不認為馬上就找得到。」

她雖然這麼說，但是這麼一來，就變成我單方面將廚房事務推給她了。我也很難受啊。

「如果還有什麼需要幫忙的儘管說。要不然，做飯時偷工減料一點也行。」

「已經這麼做啦。」

「妳是指早餐用三十分鐘，晚餐盡量只用一小時搞定這點？」

聽到我這句話，綾瀨同學吃了一驚。

「你注意到了？」

「那當然。」

當然會注意到。綾瀨同學下廚時，三不五時就看一下時鐘。那並不是在算東西煮多久。

畢竟她是個愛惜光陰的人，甚至因為有可能導致念書時間縮短，所以不太願意去找高薪打工的情報。

「所以說呢，就算知道食譜，我也沒打算花更多時間準備。這已經偷工偷得夠多了吧。」

她還刻意擠了個彷彿在說「我是個壞女人，對吧？」的表情。

「這倒不盡然。」

聽到我這麼說，綾瀨同學顯得相當意外。

「為什麼？」

「因為，技術反覆使用就會變得熟練吧？這也就表示，單位時間內做得到的事有可能變多，工作品質有可能提升。」

「……然後呢？」

「即使耗費時間相同，一樣有可能做出品質更好……也就是做出更好吃的飯菜，附加價值會提升。在這種情況下，用來交換的我這邊，附加價值也需要提升。否則不公平。」

「沒這回……」

「有這回事。到目前為止，我還沒提供任何東西給綾瀨同學。這樣下去，遲早會變得對妳不利。」

「要是照這種說法，世上的家事不就都一樣了嗎？價值都會一天天地提升。」

「全都一樣喔。」

不止做飯。洗衣、打掃、縫紉也是。

所有的「工作」，只要次數多到某種程度就會熟練。所以工作的薪資大多會隨著持續年數提升，一直到老化導致工作的量、質變得低落為止。就算換成家務勞動，本質也不會改變。

「我媽多年來一直為我做飯，可是別說收入增加，就連一塊錢都拿不到。」

「價值在實際拿出來交換之前不會表面化喔。家務勞動的價值，在委外之前都不會注意到。到了想雇人處理同樣的工作時，才看得出它有多少價值。這就是麻煩之處。」

都怪最近我一直看「何謂勞動」、「何謂賺錢」之類的書，一不小心就迸出這些聽起來很複雜的內容。這讓我有種自己腦袋變好的錯覺，不過實際上只是照本宣科罷了。

「我和綾瀨同學，是以做飯交換尋找高薪打工情報，對吧？綾瀨同學的廚藝，是到這個時候才標上價格。我必須提供能拿來交換的等價成果才行。」

綾瀨同學默不作聲。看來是在思索。

雖然話一出口就無法收回，但其實有個我不太喜歡卻很簡單的解決方法。正當我準備說出來時——

「……飯要涼了，趕快吃吧。還有洗澡水已經燒好了。」

「啊、喔。」

我錯過時機，只能默默地動筷子。

吃飯時，綾瀨同學似乎都在思考某些事，一直低著頭不看我。

我先洗了澡，然後照慣例把水放掉重弄一缸。

換好衣服之後，我躺在臥室的床上看書。

雖然學校不是沒出作業，不過還沒到需要趕工的階段。又有週六、週日。應該能把買來的書看一看……

之前，我在打工時找到的輕小說，封面擠滿了美少女那本。

……原本以為是跟風作，沒想到這本書意外地有趣……

……話又說回來，居然和全班同學交……往……

啪嚓一聲，書掉在我臉上。

「哇！」

我嚇得叫出聲來。心臟狂跳。

「啊……看來該睡了。」

身體似乎累積了不少疲勞。

看向時鐘，時間還不算太晚。平常這時間老爸差不多該到家了，但是沒有任何人進家門的動靜。可能因為是週五，被抓去無法拒絕的酒會吧。理論上在末班車開走之前，他應該會想盡辦法回來才對。

「啪嘰」一聲，房間突然暗了下來。

同樣的聲音再度響起。室內照明切換為小夜燈模式。橙色微光之中，房門開了道細縫，為黑暗帶來一絲光亮。接著門靜靜關上。有人進來了。不過嘛，雖然說「有人」，但除了綾瀨同學以外也沒別人了。如果有就是賊。

她來我房間做什麼？連燈都關了。

該不會是睡意到達臨界點，因此走錯房間？

這裡是我的房間喔——我正想開口，卻把話吞了回去。

「淺村同學，你還醒著吧？」

從邊說邊接近的綾瀨同學身上，飄來沐浴乳的甜香。

可是，我之所以屏息吞聲，並非因為綾瀨同學才剛洗完澡。

如果只是剛出浴，我已經看過好幾次了。

洗澡最後。

就寢也最後。

儘管她這麼決定，但就算是這樣，也不可能完全碰不到面。好比說，某次半夜醒來，去廚房倒杯水喝時，正巧撞見身穿睡衣的她……雖然對高中男生來說刺激性也有點強。然而，朝我走來的綾瀨同學可不止如此。

衣物摩擦的聲音。布料落地的聲音。顯然是將身上穿的衣服脫了。

門另一側的光亮完全被隔絕，因此視野宛如薄暮時分般模糊不清，顏色也難以分辨，唯獨綾瀨同學的身體線條深深地烙印在腦裡。

從細腰到圓潤臀部的曲線起伏、自肩膀延伸出來的纖纖手臂，全都清晰奪目。若是會遮住身體線條的寬鬆睡衣，不可能看得到。

換句話說，綾瀨同學只穿著內衣。

邊走邊晃動的腰，吸走了我的目光。

「淺村同學，我有話要和你說。」

她走到距離床只剩一步之遙，隨即遲疑地停下腳步。

「有話要說是指……」

我感到喉嚨乾渴，聲音也顯得沙啞。

綾瀨同學踏出最後一步，雙手撐在我的兩旁，壓低身子看著我，視線相觸。

「我的身體，你覺得能買嗎？」

話音來自在能感受到彼此吐氣的距離。

她背對著吸頂燈的淡淡光亮，那張臉就在我眼前。

「啊……？」

我的腦袋頓時一片空白。

怎麼回事？綾瀨同學她到底在說什麼？

她的表情沉在淡淡的燈光之中，看不清楚。接著她又問：「怎麼樣？」語尾有些顫抖。

「什……什麼怎麼樣？」

「就是字面上的意思。我在問你，你覺得我的身體能買嗎？也就是那個……能不能用來換錢的意思。」

「……」

「之前那件事，那個……讓我明白，我的身體在你眼中是能夠引發慾望的素材，而且……不用做到最後也行喔？換句話說，我想問你覺得能不能用。」

「喂喂喂……」

「就是這樣。經過合理的思考之後，我得到這個答案。」

妳的「合理」是什麼意思啊？

「想想看。」

「啊，是。」

理性差點溜到黃泉平坂的我，勉強回過神來。

「我們已經是高中生了，對吧？」

「……是啊。」

「所以說，你看，也有些不是一個人就不能做，否則會很尷尬的行為，對不對？」

不是一個人就不能做，否則會很尷尬的行為。

意思是出現第二性徵的男女必然如此，沒錯吧？

嗯，應該有吧。呃，就算否認也沒用。對。的確有。畢竟我又不是什麼聖人，只是個普通的高中男生。雖然隱瞞也沒用，但我從沒想過會和同齡女生談這種話題。

「今後，只要還在一個屋簷下，或許就會偶然撞見這種場面。」

「還真是個讓人不願去想的偶然呢。」

「可是，我想過了。會尷尬是因為出乎意料，如果從一開始就在有共識的情況下定期一起解決，不是對彼此都有好處嗎？」

「妳哪來的這種念頭啊……」

「淺村同學似乎對我的廚藝有很高的評價……」

話題突然轉換，令我一時不知所措。接著我才想到是講晚餐時的事。

「……那時候想到的。既然如此，只要向淺村同學索取做飯的費用，那麼我不需要花多大的力氣就能賺到錢。」

「這……也對。」

這件事我也想過。當時我腦中那個「不怎麼喜歡的簡單解決辦法」，看樣子綾瀨同學也想到了。

「雖然……算不上高薪，但是我付出的成本能降到最低限度。」

「我覺得這主意不錯。」

但是，綾瀨同學搖頭。

「我不認為這樣就值得讓人付錢。換句話說，在我看來我獲得的太多。不過老實說，我想要錢。於是，我開始思考自己能提供什麼能換錢的東西。」

「換句話說，低風險的高薪打工找到最後，變成向身邊的人提供**夜晚的服務**，是嗎？」

她點點頭。

思考朝著不該去的方向爆衝。

「這種事……如果真的做了，或許事後會有點尷尬，但是和陌生人相比下，淺村同學應該會溫柔一點。而且就算做到最後，想來也會記得避孕。」

就連找陌生人當對象都考慮到了嗎？

「我想，要是能做到這種地步，就算索取比較高的金額也不會心痛。」

腦袋一角，響起某種東西繃斷的聲音。我猛然坐起，對她伸出手。

她的肩膀抖了一下。

看見這種誠實的反應，儘管罪惡感油然而生，我依舊懷著鋼鐵般的意志開口。

「我最討厭的女生，就是這種類型喔。綾瀨同學。」

「咦……」

我討厭說人家壞話。不管出於怎樣的理由，我都不希望聽到那種傷人的話語，由自己的嘴巴說出來同樣令我作嘔。

但是現在不能不說。

綾瀨同學這次的爆衝，不管用怎樣的手段都得在這裡擋下來。

老爸和亞季子小姐的臉在腦中浮現。

遭到前妻背叛而灰心喪志，因此在親兒子面前自暴自棄的老爸，究竟有多久沒露出那種幸福的表情了？儘管難看地打腫臉充胖子，丟臉地被美女迷得神魂顛倒，令我看在眼裡不禁嘆息。但是他臉上幸福的表情依舊讓我鬆了口氣，甚至想為他加油。

亞季子小姐也一樣，雖然不知道她有什麼遭遇，不過想必是和前夫之間出了問題才會離婚。然而，她那幸福的表情，令人完全感受不到半點那種過去。

綾瀨同學現在的行動、提議，無論怎麼想，未來都只會將不幸與失意再次塗到我們父母的臉上。這種事，實在不太能苟同啊。

別對彼此懷抱期待吧。

我們一開始就確認了這樣的立場，試圖保持恰當的距離。

所以，我這種懷著「綾瀨同學不會做出這種事」的期待才產生的情緒，就某方面來說，也算得上是違背了約定。

然而，如果要講到貫徹初衷，先動搖的則是綾瀨同學。

「妳不是不願被人家說只拿外表當武器賺錢嗎？」

綾瀨同學不願因為是女性而被輕視，所以想自立。雖然不知她為什麼會這樣，但她此刻要做的，不是正好符合那種被瞧不起的女性形象嗎？

正如綾瀨同學所言，其中有需求與供給相符的部分，這點想來沒錯。

這麼說來，儘管人們常認為援助交際和性工作是今朝有酒今朝醉，只有短視的笨蛋才會幹，不過我聽說過，一般來說會歸類為頭腦好的高學歷女性，也有不少人會這麼做。

像綾瀨同學這樣經過合理的思考後得到結論，或許不算罕見。

然而，結論還是下得太輕率了。更何況，這和她自己的信念互相矛盾。

就這樣懷著矛盾給別人添麻煩的人，很遺憾我實在沒辦法喜歡。如果是外人我只會當沒看到，但既然我身為她的家人、她的哥哥，就不能放著不管。

我拿蓋在自己身上的毛巾被裹住她的身體避免她著涼，接著說下去。

「所以不該這麼做，如果不能用無關性別的方法還以顏色，就沒意義了吧？」

「可、可是，即使我是男的也能這麼做。所以不見得算是利用身為女性這點當武器賺錢。」

假如綾瀨同學是弟弟也會這麼做的意思？

瞬間，綾瀨同學五官照舊但換成少年體型，只穿著單薄衣物坐在床上對我送秋波的畫面浮現腦海。一想到這樣要犯下種種錯誤大概也是綽綽有餘，我便慌慌張張地用理性把自己的妄想抹消。

「別講歪理。」

「啊、是。對、對不起。」

可能是被我冰冷的聲音嚇到了吧，綾瀨同學沮喪地垂下頭。這副模樣，讓我感受到難以言喻的不安和懊悔。明明已經了解她、知道她和傳聞剛好相反，事情卻往符合傳聞的方向演變。這下子才知道，她是如此令人擔心。

真的。

真的，幸好她最先找的人是我……

「算了，明白就好。還有，對於綾瀨同學的，那個……做的飯，就算沒訂立什麼契約，我一樣願意付錢。只不過，這麼做也有它的問題。」

那就是我不喜歡這個解決方法的理由。

「問題……？」

綾瀨同學疑惑地歪頭。

「自家人之間的金錢往來，不會增加家裡的收入。」

「……這是什麼意思？」

「我們的父母很忙，沒辦法悠閒地出門買東西。所以除了零用錢之外，他們每個月都會另外給一筆錢，好讓我們除了昂貴的家具、家電以外，隨時要買東西都有錢用，對吧？」

「是……這樣沒錯。」

「而且我自己也有打工。綾瀨同學做的飯，只要我想付就付得起。不過，試著想想看。假設我生病，賺不到打工的薪水，那麼從這一刻起，綾瀨同學的收入也跟著停了對吧？假如真的發生這種事，難道綾瀨同學能夠從這一天起就不再做飯嗎？」

聽到我這麼說，綾瀨同學才發現問題所在。

「當綾瀨同學的收入依存於家人時，能不能因為勞動受到肯定而獲得正當的報酬，就有了不確定性。」

「這麼說……也對。沒錯。我沒想過這點。」

「當然，自家人付錢也有好處——那就是不容易被騙。要是到外面工作，隨時都得留意別讓價碼被壓得太低。不過，在外面找個薪水沒那麼高，但能客觀評價自己勞動成果的雇主，不是比較好嗎？我是這麼認為。」

綾瀨同學沉默不語。

大概是在思考我說的這些話吧。

「以上是我的建議。高薪打工我會繼續找，像這樣的就免了。」

「好的……對不起。」

「嗯。」

我用這一聲接受了綾瀨同學的反省。反正我也沒興趣一直嘮嘮叨叨地說教。

「只不過，或許需要多聊聊呢。」

「咦？」

「老實說，我沒想到綾瀨同學會做出這種事。」

「這個嘛……嗯，我也一樣。」

「這次的事件，我想要怪我沒有正確地掌握到綾瀨同學是個怎樣的人。所以，我想多了解一點綾瀨同學的事。」

「……也對。雖然我不怎麼喜歡講自己的過去，但我畢竟還是給淺村同學你添麻煩了。」

6月12日（星期五）

綾瀨同學先是閉上眼睛想了一會兒，然後嘆口氣，不太情願地說起往事。

這是她小時候的事。

據說綾瀨同學的親生父親，原本是位自己創業的優秀人物。

但是在遭到戰友背叛而失去公司後，他變得疑神疑鬼，飽受自卑感折磨，甚至和妻女保持距離。

「自卑感？」

「現在回想起來，我的生父或許是嫉妒。儘管媽媽常說，高中畢業的她要靠自己打拚只能選擇特種行業。不過我問過她的同事，她受歡迎的程度似乎首屈一指。」

「畢竟亞季子小姐很會說話嘛，個性又開朗。」

「嗯……在我還小的時候，我的生父應該是個溫柔的人。然而，在公司遭遇失敗之後就變了。」

他漸漸地變得不回家，在外面另結新歡，也不再關愛綾瀨同學和亞季子小姐。由於他不給家用，亞季子小姐只能靠自己的收入養育綾瀨同學，但是能夠做到這點的亞季子小姐，卻讓綾瀨同學的生父懷恨在心。

如果承認妻子優秀，會顯得自己更加悽慘，於是他用「不過是特種行業」來貶低亞季子小姐，甚至懷疑亞季子小姐另外有男人。

「然而就算是這樣，也不該讓媽媽受苦。」

所以綾瀨同學才不願當個被瞧不起的女人嗎……

「一點也沒錯。」

聽到這句以堅定語氣脫口而出的真心話，綾瀨同學再度抬起頭看向我。

「淺村同學？」

「啊，不，呃……因為我家也差不多啦。」

「淺村同學家也是？」

「嗯。老爸他啊，有段時間好像得了女性恐懼症。真虧他有辦法再婚。或許是多虧了亞季子小姐。」

「女性恐懼症？養父（爸爸）嗎？」

「是啊。」

「這樣啊……」

該不會，你也是？

6月12日（星期五）

她小聲地問，我假裝沒聽到。

啊，所以才和媽媽保持距離……綾瀨同學輕聲嘀咕。看樣子，我抓不準和亞季子小姐之間的距離這點，似乎已經穿幫了。

「我們還真像呢。」

「或許是。」

「連弱點也不例外。」

我不禁苦笑。無法否認。

「唉，所以呢，將這些弱點也考量進來之後，我們應該能處得不錯——以兄妹來說。」

「以兄妹……來說？」

「是啊。」

綾瀨噗嗤一笑，整個人如釋重負地鬆懈下來。

「今後也請多指教，淺村同學。」

「請多指教。啊，妳可以順便喊聲『哥哥』。」

「我才不要。」

「咦……」

真遺憾。不過呢，也不用急。反正今後我們還要當很長一段時間的兄妹。

「淺村同學。我，可沒有更進一步的打算。」

綾瀨同學拿掉裹著身體的毛巾被，折好放在床上。

然後把臉貼過來。

「不、要。」

剛出浴顯得有些誘人的嘴唇，吐出簡單的兩個字，打在我臉上。

我知道、我知道了啦。

算了，沒差。

畢竟我和這個漂亮卻有些令人擔心的義妹，才剛開始共同生活嘛。

6月12日（星期五）

6月13日（星期六）

餐桌上有個白色十字。

窗外照進來的晨光，讓排在一起的盤子邊上那些銀色裝飾圖案閃閃發亮。宛如滿月一般形狀完整的荷包蛋坐鎮盤中央。老爸的份、綾瀨同學的份。

「好啦，把手拿開。」

聽到綾瀨同學這句話，我連忙挪走原本在擦桌子的手。

「淺村同學的在這邊。」

說著，她將盤子擺在我面前。藍色的盤子上，擺著模樣完整、優雅如擦手巾的煎蛋捲。用筷子一戳，它便順著切痕倒下，形成容易入口的大小。

「該不會，是高湯蛋捲？」

「因為你之前看起來很想吃。反正星期六時間很多，偶一為之沒關係。不過，別期待做得多好。」

她的語氣顯得有些不好意思。

「我很開心喔。」

「沙季親手做的嗎……真好。喂，悠太～能不能分爸爸一些啊？」

老爸一開口，綾瀨同學便謙虛起來。

「哪裡，沒有好到值得羨慕的地步。」

「不不不，這不是做得很漂亮嗎？看起來很好吃喔。對吧，悠太～」

老爸一邊這麼說著，一邊羨慕地盯著義女親手做的料理，於是我分了一些到他盤子裡。

真是的，老爸眼前的荷包蛋明明也是人家親手做的。

「呼啊……大家真早耶。」

沒聽過的疲倦聲音響起，我轉過頭去。

亞季子小姐在貼身睡衣外只披了件袍子，揉著惺忪的睡眼。

頭髮看來也還沒梳，到處都翹起來。儘管亞季子小姐給人悠哉的印象，不過這副模樣，怎麼看都是慵懶多過悠哉。

「到底幾……點……」

亞季子小姐一看向餐廳的時鐘，頓時睜大了眼睛。

「咦，騙人……」

由於是週六，所以早餐比平常晚一小時。老爸不用上班，我和綾瀨同學也不必上學。這也是為了配合常晚歸容易睡眠不足的亞季子小姐。

「可以繼續睡喔，亞季子。妳昨天也很晚才到家吧？」

「這樣不好啦，太一。啊，沙季也抱歉了，讓妳一個人弄。」

「沒關係。話說回來，媽媽……妳那個樣子，一來對淺村同學刺激太強，二來在養父（爸爸）面前實在太邋遢了。」

「咦……」

重新打量起自身裝扮的亞季子小姐，尖叫出聲。

她慌慌張張地跑向臥室。

「亞、亞季子！慢著慢著，我有話要跟妳說。」

老爸連忙追過去。

「真沒辦法。」

「唉。她啊，總算露出真面目啦～」

「是這樣嗎？」

「都撐過一星期了，誇獎她吧。」

我該附和嗎？

「為了她的名譽，我姑且先說一聲。她只有剛起床才會那麼懶散。」

原來如此。不過嘛，我也不算早起。

「可能要歸功於遮光窗簾吧。」

「說不定。」

新窗簾是昨天送來的。不僅能遮光，還有隔音和隔熱的效果那種。冬暖夏涼。老爸說，如果能讓睡眠不足的亞季子小姐保持健康，這筆開銷就很划算。

「叮」一聲響起，綾瀨同學看向烤麵包機。她拿出兩片吐司，放到盤子上。

「如果還要就說一聲。」

「不，夠了。」

看來今天不是米飯而是吐司。她將老爸的份放進機器裡，重新設定時間。在老爸回來之前應該能烤好吧。

「雖然高湯蛋捲配吐司有點怪就是了。」

「一點也不怪喔，綾瀨同學。」

言外之意就是「謝謝妳特地費心」。

除此之外，還有裝在深盤裡的沙拉和蔬菜清湯。以早餐來說算是綽綽有餘吧，雖然很可惜不是味噌湯。原來如此，把時間花在高湯蛋捲上了嗎。

我合掌說了聲開動，然後將筷子伸向蛋。

「喔喔，好吃！」

「太誇張了。」

「沒這回事。亞季子小姐做的雖然好吃，不過這個也差不多好吃。」

「是嗎？」

「是啊。」

「嗯。既然如此，改天再幫你做吧。」

「有空的時候再弄就好。」

「我會在有空的時候弄。」

同樣意義的話語，在同樣的時間說出口，讓我們一時語塞。

接下來好一段時間，我們都默默地吃早飯。

老爸他們好慢啊。我都要吃完嘍。

「這樣啊，已經一星期了嗎？」

「什麼？」

「剛剛說過了吧？綾瀨同學和亞季子小姐是在星期日來到這個家，到明天就整整一星期啦。」

「所以呢？要慶祝滿一週嗎？」

「嗯……或許也不錯。」

「真的假的？」

她露出「難以置信，你在想什麼啊？」的眼神，我不禁笑了出來。

「如果老爸注意到，應該會主動說要慶祝喔。」

「啊……」

「老爸他原本就喜歡這樣。不過，讓他們兩個獨處說不定比較好。」

雖說都是再婚，但是老爸和亞季子小姐既沒舉行婚禮，也沒有蜜月旅行。

「啊。這倒是不錯呢。」

「對吧？」

「怎麼啦怎麼啦，你們在聊什麼呀，沙季、悠太？」

老爸和亞季子小姐回來了。

「沒什麼，不是什麼大事。」

之後再叫老爸帶亞季子小姐出去吃晚餐吧。

吐司正巧在這時烤好，綾瀨同學將吐司放到盤子上，擺在老爸面前。

「沙季，我——」

「一片就好，對吧？」

綾瀨同學對亞季子小姐表示她知道。

她從切成八片的整條吐司裡，抽出兩片放進烤麵包機，轉動定時鈕。

也就是說，最後一片是自己的份吧。互相幫助時，付出要多一點。自己的份等到最後是嗎？原來如此，做得真是徹底。

「綾瀨同學也是一片？」

「因為早上吃不了那麼多。」

「我會記住。」

「謝謝。」

磨合很重要。

「兩個人變得很要好耶。」

「完全是兄妹了呢。」

「真令人開心。」

老爸和亞季子小姐瞇起眼睛。

如果看起來如此，那就再好不過。雖然昨晚差點出事。

吃完略晚的早餐時，來自窗外的陽光已經變得相當強。

白雲彷彿從藍天裡浮出來似的清晰可見，有種「啊，夏天馬上就要到了呢」的感覺。

氣溫也升高了。還沒到需要啟動空調的地步，於是我打開窗戶。

梅雨之間的短暫晴天。

吹進屋內的風，穿過成了一家人的我們四個之間，帶來窗外綠意的芬芳。

尾聲　綾瀨沙季的日記

6月7日（星期日）

老實說，鬆了口氣。

初次見面的時候，我就已經知道他不是壞人。

也知道，他是個細心的人。

會特地為了之後才洗澡的我重新放熱水的人。

沒想到他讀水星呢。

6月8日（星期一）

淺村同學在學校向我搭話。

他比想像中來得更不受刻板印象左右。

雖然會聽信關於我的傳聞這點有待加強，不過或許也是難免。畢竟我知道人家怎麼看我。

不過，他會憤怒。

他會認同我的憤怒。

不覺得這樣很麻煩，願意彼此磨合的人，或許我還是第一次碰到。

6月9日（星期二）

備註：淺村同學吃荷包蛋習慣沾醬油。

我從今天開始下廚。

既然拜託淺村同學幫忙找高薪打工，這點小事就該由我來負責。

雖然他滿懷歉意地告訴我還沒找到適合的工作，但我自己也不覺得有那麼簡單就能找到喔。

懂得依賴別人，是嗎？
要是做得到就……唉。

6月10日（星期三）

嗚嗚，好丟臉。
沒想到會被聽見。
我努力的樣子很遜，實在不想被別人看到啊……

真綾來新家玩。還是老樣子吵死人。
三個人一起玩，笑得很開心。上次笑成這樣是多久以前呢？
還交換了ＬＩＮＥ。

圖示是風景照，也很符合淺村同學的風格呢。

謝謝你的傘。

6月11日（星期四）

總之以後在房間裡晾內衣時要注意門的狀態。就這麼辦。
明明貼身衣物只是單純的布，目光居然會被吸過去啊，淺村同學……
幸好，他似乎沒有犯罪意圖。
不過……
他說他不會做。還說，有慾望和實際採取行動是兩回事。
這點我也有同感。
聽了淺村同學的意見後，發現都是些平常就能讓我產生共鳴的看法。所以才會讓我這麼自在吧。

淺村同學很危險。

他太懂我了。

6月12日（星期五）

第一次挨淺村同學罵。

我順勢連那個人的事也講了。明明不願回想的。還有，淺村同學好像也有類似的過去。雖然我沒問。

儘管聊了很多，卻還是有些話說不出口。

我害怕自己虧欠淺村同學太多，害怕到想讓他買我的身體。

6月13日（星期六）

晚飯只有我和淺村同學兩個人。
因為我們成功將媽媽和養父送出門吃晚餐。
提議的是淺村同學，他真的細心又體貼。

正因為如此，才不能喊他「哥哥」。
一旦喊出口，恐怕我就會無止盡地依賴他。
這種事絕對不能發生。
抱歉，淺村同學。

不過，每當我喊「淺村同學」時，就會湧上某種與喊哥哥有所不同，而且無法言喻的情緒。
過去從來沒有這種感覺，我自己也無法為它命名。
回過神時，我已經意識到淺村同學的存在。
坐立難安。

最近就算用被子蓋住頭，也難以入睡。

如果不用手機播放能讓心情平靜下來的音樂，藉此讓大腦放鬆，就沒辦法舒緩手腳的緊繃。不靠音樂的力量連睡覺都辦不到，卻還想要自立，我自己都覺得丟臉。

……這種感覺，究竟是什麼呢？真搞不懂。

三河ごーすと 後記

拿起小說版《義妹生活》的各位讀者，非常感謝你們。敝人是ＹｏｕＴｕｂｅ版的原作&小說版作者三河ごーすと。雖然本行是像這樣撰寫小說提供給讀者們，不過這回我決定多踏出一步，挑戰創作能貼近各位生活的作品。至於作品內容，也不是戲劇性和戲劇張力強烈的那類，只是仔細地描述淺村悠太、綾瀨沙季這些人物每一天的日常生活，逐步刻劃他們的明確變化。ＹｏｕＴｕｂｅ頻道上除了定期公開影片之外，也有朗讀影片等各式各樣的發展，希望能夠讓他們更貼近大家。

以下是謝辭。插畫Ｈｉｔｅｎ老師、飾演綾瀨沙季的中島由貴小姐、飾演淺村悠太的天崎滉平先生、飾演奈良坂真綾的鈴木愛唯小姐、飾演丸友和的濱野大輝先生、影片導演落合祐輔先生，以及包含宣傳負責人在內的ＹｏｕＴｕｂｅ版諸位工作人員。參與本著作的所有關係人士，多虧有你們才能走到這一步，謝謝大家！

還有各位讀者、各位影片粉絲。希望各位能夠繼續支持「義妹生活」。

插畫

Hiten後記

大家好，敝人是負責插畫的Hiten。

恭喜義妹生活小說版發售！

能夠參加這種陣容豪華的作品

實在很光榮……

我常在YouTube上

細細品嚐自家畫作

有配音的幸福滋味。

真的很感謝大家……！

今後我也會以一介讀者的身分

期待今後的故事發展！

順帶一提

我是醬油派的。

Hiten

Message01

綾瀨沙季役

中島由貴後記

非常感謝你拿起

《義妹生活》小說！

原本在YouTube上的世界，

居然能夠像這樣也在小說裡發展下去……！

讓人非常感動！

決定由我飾演沙季的時候，

我真的很開心，希望作品規模也能愈來愈大～

多虧了大家，

能夠看到各式各樣的沙季和淺村同學，

我真的好開心！

這次的小說，

和影片應該又是不一樣的故事！

「這種世界觀的『義妹生活』也不錯……！」

「能夠聽到沙季、淺村同學、真綾、丸同學的對白……！」

如果能讓大家有這種感想，我會非常開心！

還有，從小說開始接觸的讀者，

希望你們務必體驗一下

YouTube版的「義妹生活」！

今後我也會維持沙季的形象做各種嘗試，

努力呈現她的魅力！

還請繼續支持

這四個人的故事喔！

Message02

淺村悠太役
天﨑滉平後記

真的很感謝大家，
願意將《義妹生活》讀到最後！
又不是我寫的，憑什麼說這種話？
說的也是……真抱歉
不過，「義妹生活」原本是從YouTube出發，
對於從一開始就有幸飾演淺村悠太的敝人來說，
真的真的很開心。
受邀寫下這篇後記的時間點，我還沒讀過小說，
所以我已經迫不及待了！
打從以前我就喜歡唸出小說和遊戲裡的主角台詞，
不過在「義妹生活」裡，我就是官方的聲音！
讓我有種「太棒啦！」的興奮感，
高興到會讓人家說「你菜鳥啊！」的程度。
YouTube那邊，我也是每次都演得很快樂，
請各位繼續支持！
按喜歡、訂閱頻道，還有留言，都會讓我非常開心☆
拜託各位了！

然後！我有一個夢想！

如果將來有一天，有機會飾演小說版的淺村同學，
那就再幸福不過啦！
還有！如果能看見「變成動畫以後會動的他們」，更是至高無上的喜悅！
我是這麼想的！

夢想變成兩個了。

最後，我們總是從大家對於「義妹生活」的支持裡得到力量，
真的很感謝大家！
今後也請多多關照！

Message03

奈良坂真綾役
鈴木愛唯後記

雖然問得突然！

不過要讓人家高興真的很難對吧！（突然！）

由我負責配音的奈良坂真綾，

總是能讓周圍的人開心，真的很厲害！

我很尊敬她！

第一次收錄的時候，工作人員告訴我

「真綾啊，是個讓人開心的角色！」

我感動地想「真綾居然是這麼崇高的角色……！」

這件事我到現在記得……

我以能夠替她配音為傲。

不止真綾，

「義妹生活」的每一位登場人物，

都是能夠為了別人努力的人啊……！

真的很讓人尊敬……

充滿這麼多出色人物的義妹生活，

身為一個支持者，

今後也會期待它接下來的發展！

閱讀本書的讀者，如果不嫌棄，請和我一起！

見證下去吧！

耶———☆

Message 04

丸友和役

濱野大輝後記

非常感謝您這次購買

丸友和1st寫真集

《Tomokazu in 台灣》。

這也都是多虧了各位的支持……

咦？……不是？

不但不是，連預定都沒有，這是怎麼回……

既然如此，這又是什麼留言啊？

咦？「義妹生活」書籍化？

好厲害！真的要恭喜！

跳出了YouTube之後，

角色們會編織出怎樣的故事呢？

令人非常期待他們會怎麼樣成長。

至於我本人，也想仔細閱讀書籍版的故事，

進而加深對於角色的理解，

繼續挑戰演技！

YouTube頻道

也請各位繼續支持！

儘管還不習慣在同一個家生活，悠太與沙季，依舊維持著彼此都愜意的距離感。
就在某一天，以定期考試為開端，沙季變得不太對勁。
漸漸地有所改變
預定發售！

努力念書的沙季，拚命到幾乎要累倒。感到擔心、想幫助她的悠太，為她整頓念書環境、尋找能讓人集中精神的音樂，下了許多工夫。

據實描繪「兄妹關係」的戀愛生活小說。第二波。

不過就在同一個時期，打工地點的前輩，美女大學生讀賣栞找悠太約會。

聽到這個事實，浮現沙季心頭的「某種感情」是……？

《義妹生活》第二集

青梅竹馬絕對不會輸的戀愛喜劇 1~3 待續

Kadokawa Fantastic Novels

作者：二丸修一　插畫：しぐれうい

群青同盟這次要到沖繩拍攝影片！
在海邊穿上泳裝，白草即將展開反攻！

聽說要去沖繩拍影片，看女生們換上泳裝的機會來了嗎？只是目睹白草穿便服，我就心動得不得了。不過，我跟黑羽正在吵架，她肯定有什麼隱情，但這次我並沒有錯！除非她主動道歉，否則我不會原諒她！局勢令人猜不透的女主角正選爭奪賽第三集！

各 **NT$200~220/HK$67~73**

你喜歡的不是女兒而是我!? 1~2 待續

Kadokawa Fantastic Novels

作者：望公太　插畫：ぎうにう

遭到猛烈追求讓人暈頭轉向！
長年愛意爆發的超純愛愛情喜劇第二彈！

鄰家大男孩阿巧喜歡的不是女兒而是我，還向我熱烈告白……咦？就算你突然這麼說，我也還沒做好心理準備——然而為了攻下我，阿巧一再猛烈進攻，甚至主動邀約初次約會……卻因接連不斷的風波而極度混亂。不行啦，阿巧，那間旅館是大人的——

各 **NT$220/HK$73**

神童勇者的女僕都是漂亮大姊姊!? 1~4 待續

Kadokawa Fantastic Novels

作者：望公太　插畫：ぴょん吉

值得記念的第一屆
「挑選主人的服飾大賽」開始嘍！

席恩偶然獲得未知的聖劍，宅邸內卻因牌局和Ａ書騷動，依舊鬧得不可開交。在女僕們「挑選最適合席恩的服飾大賽」結束後，一行人出發調查某個溫泉，並受託解決溫泉觀光地化面臨的問題，沒想到那裡竟是強悍魔獸的住處……令人會心一笑的第四彈！

各 **NT$200/HK$67**

小惡魔學妹纏上了被女友劈腿的我 1 待續

Kadokawa Fantastic Novels

作者：御宮ゆう　插畫：えーる

第四屆KAKUYOMU網路小說大賽
戀愛喜劇類「特別賞」得獎作品！

聖誕節前夕被女友劈腿的我——羽瀨川悠太，遇見了穿著聖誕老人裝的美少女——志乃原真由。身為學妹的那傢伙，總是捉弄著正處情傷的我，卻又看不下去我自甘墮落的生活而做美味的料理給我吃——相近的距離教人心焦，有點成熟的青春戀愛喜劇登場！

NT$220/HK$73

問題兒童的最終考驗 1~8 待續

Kadokawa Fantastic Novels

作者：竜ノ湖太郎　插畫：ももこ

各自的紛亂時光☆問題兒童的過往追憶！
過去的追憶與宣告新篇的開始！

「問題兒童」一行成功戰勝了第二次太陽主權戰爭的第一戰——亞特蘭提斯大陸上的激鬥。像這種三人齊聚的平穩時間已經相隔三年——在這段期間中，眾人各自經歷了紛亂的日子。彼此交心的短暫休息時間過後，以箱庭的外界作為舞台的第二戰即將揭幕！

各 **NT$180~220/HK$55~75**

因為不是真正的夥伴而被逐出勇者隊伍，流落到邊境展開慢活人生 1~7 待續

Kadokawa Fantastic Novels

作者：ざっぽん　插畫：やすも

人類與魔王軍正戰得如火如荼時，
遠離最前線的邊境之地情勢緊張！

佐爾丹收到來自維羅尼亞王國的宣戰布告，並且就此開戰。儘管雷德曾經選擇離開戰場，為了守護迎來空前危機的佐爾丹以及他深愛的人們，他決定再次舉劍奔向戰場！另外，輾轉流徙的英雄們匯集在盡是不祥氛圍的戰場上，最後究竟會目睹到什麼呢？

各 **NT$200~240/HK$67~80**

史上最強大魔王轉生為村民A 1~5 待續

Kadokawa Fantastic Novels

作者：下等妙人　插畫：水野早桜

亞德將與自己所留下的過往遺恨對峙！
「前魔王」的校園英雄奇幻劇第五集！

亞德與伊莉娜受到女王羅莎的召集，一同擔任女王的護衛參加五大國會議，造訪宗教國家美加特留姆。然而，他們遇見了過去位居魔王部下最高階的武人，當上教宗的前四天王之一——萊薩。他繼承「魔王」的遺志，企圖透過洗腦來達成世界和平……！

各 **NT$220~240/HK$73~80**

一房兩廳三人行 1～2 待續

Kadokawa Fantastic Novels

作者：福山陽士　插畫：シソ

駒村漸漸察覺奏音與陽葵的心意，
同時童年玩伴友梨意外地告白——

上班族駒村習慣了與奏音、陽葵的同居生活，也開始察覺兩人對自己懷著特別的情感，但是他不能接受，因為他是成年人。就在他思考著今後的生活時——「我一直喜歡著你……遠在『那兩人』之前。」童年玩伴友梨意外的告白動搖了三人間的關係。

各 **NT$220/HK$73**

國家圖書館出版品預行編目資料

義妹生活 / 三河ごーすと作 ; Seeker 譯 . -- 初版 . -- 臺北市 : 臺灣角川股份有限公司 , 2022.01-
冊 ; 公分 . -- (Kadokawa fantastic novels)
譯自 : 義妹生活
ISBN 978-626-321-119-3(第 1 冊 : 平裝)

861.59 110019022

Kadokawa
Fantastic
Novels

義妹生活 1

（原著名：義妹生活）

2022年2月10日 初版第1刷發行
2024年7月16日 初版第8刷發行

作　者：三河ごーすと
插　畫：Hiten
譯　者：Seeker

發行人：台灣角川股份有限公司
總　監：呂慧君
總編輯：蔡佩芬
主　編：林秀儒
編　輯：邱瓈萱
設計指導：陳晞叡
美術設計：李思穎
印　務：李明修（主任）、張加恩（主任）、張凱棋、潘尚琪

發行所：台灣角川股份有限公司
地　址：104台北市中山區松江路223號3樓
電　話：（02）2515-3000
傳　真：（02）2515-0033
網　址：www.kadokawa.com.tw
劃撥帳戶：台灣角川股份有限公司
劃撥帳號：19487412
法律顧問：有澤法律事務所
製　版：巨茂科技印刷有限公司
ISBN：978-626-321-119-3